Joel

Isabel-Clara Simó

Joel

Traducción de
Silvia Senz

Círculo de Lectores

A la doctora Virginia Álvarez, que tanto me ha ayudado en casi todos mis libros, con sus conocimientos de medicina y su amigable paciencia.

Y a mi hijo, Xavi Dalfó, que me ha asesorado en los temas de dibujo que aparecen en esta historia.

I

Mi madre y mi perro murieron el mismo día. Mamá murió del corazón, dos infartos seguidos, uno tras otro, tan rápido que la ambulancia llegó demasiado tarde; mi perro, *Ros*[1], fue embestido por un camión cuando salía de casa, desesperado, a ladrar a todo el mundo el infarto de mamá. Como si pidiera ayuda.

Yo tenía doce años.

Y no sentí nada. Nada de nada. Peor aún: sentí asco, porque el cuerpo de mamá y el de *Ros* tenían un aspecto similar, como si la muerte los hubiera igualado: ella, tendida en el sofá, recibiendo el auxilio inútil de papá; el perro, tendido en la calle, entre la acera y la calzada. Tuve que verlos a los dos. Les sobrevino la muerte de la misma manera, aun llevándoselos por causas tan distintas: primero doblaron el cuerpo hacia delante, como encogiéndose, como si algo les molestara en el estómago y quisieran vomitarlo; luego exhalaron un largo suspiro, echaron la cabeza hacia atrás y su mirada se volvió vidriosa y opaca. Y se quedaron quietos.

Cuando mamá tuvo el primer infarto, papá y Paca, la mujer de la limpieza, se precipitaron a ayudarla y, como Paca estaba limpiando la entra-

1. Rubio en castellano. *(N. de la T.)*

da, la puerta quedó abierta, y así *Ros* se escapó a la calle, loco de dolor y de pena. Yo corrí detrás del perro, sin poder evitarlo, porque las piernas se me dispararon, y él ladraba con unos aullidos largos y agudos. Tal vez no pedía auxilio, sino que expresaba su desesperada infelicidad. Atravesó la calle, como alma que lleva el diablo, antes de que pudiera alcanzarlo, y un camión lo arrolló. Murió entre mis brazos, porque me quedé estúpidamente arrodillado, mientras la gente se agolpaba a mi alrededor. Y lo solté y corrí hacia casa, a contar lo sucedido, porque no podía soportarlo. Y justo cuando entraba, mamá tuvo el segundo infarto y también la vi morir. Todo aquello era demasiado para un mismo día. Demasiado para mí.

Todo el mundo se apiadó del perro muerto en la calzada; todo el mundo se apiadó de mí, por la muerte de mi madre.

Y el primero que se apiadó de mí fue papá, una vez hubo superado la primera conmoción; se adivinaba por su forma de abrazarme. Él ignoraba que era más digno de lástima que yo. Porque yo no sentía nada. Nada de nada. Quizá es que soy insensible.

Hacía mucho tiempo que había aprendido una cosa importante: ante la emoción de los adultos (cólera, afecto, lo que sea), lo único razonable que puedes hacer es bajar los ojos y quedarte muy serio. Entonces, poco a poco, vas levantando la vista y los miras directamente, procurando adoptar una expresión completamente neutra. Y, sobre todo, no hay que decir nada, ni una palabra, aunque te pregunten. No es fácil, y es necesario un poco de práctica. Pero funciona. Porque si miras de soslayo, o te atropellas hablando, o si intentas llorar o poner cara de pena, vas listo. Les da mucha rabia que hagas eso. Y ponen una cara rara, porque no acaban de fiarse de ti. ¿Que te acusan de algo? Es inútil defenderse o negarlo: no se lo tragan. Quizá han mentido tanto de jóvenes que creen que es lo único que puede esperarse de los demás. Pero es que no hay manera de saber qué esperan los adultos de ti exactamente. Por lo tanto, si los miras con cara de no haber roto un plato, ellos ven lo que sea que quieran ver y se tranquilizan. O se sienten culpables.

Si se te muere la madre y todo el mundo empieza a compadecerse de ti, lo mejor es hacer lo que digo. En casa, cuando volvimos del entierro, papá me pasó el brazo alrededor de los hombros y me miró lleno de confusa emoción: entorné los párpados y poco a poco lo miré, completamente serio. Él tragó saliva y no se atrevió a mirarme. La emoción de papá era viscosa, como si una babosa se te paseara por el cuerpo. Él quería que yo sintiera lo mismo, y eso me irritaba. Su húmeda emoción me daba asco. Pero era un asco distinto al que sentí con la muerte de mi madre y de *Ros*: entonces había visto una masa biológica que te hacía pensar en nervios y en tendones, en jugos intestinales y en fluidos corporales; la emoción de papá, en cambio, hacía pensar en deberes y obligaciones, en una moral redonda y fofa, como una bola de miga de pan, y con ganas de idealizar a mamá.

Para quitarme de encima la pegajosa ternura de papá, quise volver al colegio en seguida. No es que me gustara el colegio, pero ¿adónde, si no, podía ir yo? ¿Al «bareto» de las máquinas de juego? ¿Al cine?

En el colegio, no obstante, todos sabían lo que

me había pasado, y todos guardaron silencio cuando yo entré y me miraron llenos de curiosidad, como si llevara escrito en la cara el mensaje de la muerte; o como si también mis compañeros esperasen verme llorar. La profe y el director me miraban, fingiendo una compasión absolutamente desagradable. Yo, callado, sin mirarlos, conseguí que quedaran satisfechos de sí mismos y me dejaran en paz.

Damià y Jordi-búscate-la-vida, los más colegas de la clase, no me dijeron ni mu en todo el día. Bueno. Yo, en su lugar, tampoco hubiera sabido qué decir. De manera que, una vez acabadas las clases, volví solo a casa. De camino, tuve tiempo para pensar; para hacer balance. ¿Qué perdía y qué ganaba con aquellas muertes? Con mamá, ganaba no volver a oír sus regañinas por cuestiones de limpieza (la habitación, las orejas y los pies, sus tres obsesiones higiénicas, por este orden); pero perdía la cena de los sábados, que siempre era especial, porque la hacía a mi gusto, y perdía la merienda para el colegio, que era la envidia de la clase. Y más cosas perdía: que me ayudara en los deberes, que convenciera a papá para que me dejase salir y aflojara algún billete cuando él estaba de mal humor. Me sentía egoísta pensando estas cosas, pero hablaba para mí, ¿no? Y mamá y yo no teníamos nada en común, absolutamente nada de que hablar, y nunca compartíamos nada ni nos explicábamos nada. Ella y yo éramos de dos galaxias diferentes.

Con *Ros*, que era más perro de mamá que mío, mi cruz diaria era sacarlo por las tardes –«O eso, o poner la mesa; tú mismo»–, cepillarlo los sábados y acompañar a papá al veterinario para vacunarlo.

Y perder..., no gran cosa. Él no me quería, sólo me toleraba, a pesar de ser mío; porque me lo regalaron a mí cuando cumplí diez años. Él quería a mamá. Yo quería que me quisiera a mí. Y no paraba de engatusarlo, hasta que un día me mordió. Me riñeron a mí y no a él. Creo que nunca le perdoné por haberme mordido. Y no volví a intentar que me quisiera. Incluso nos desdeñábamos. Salvo cuando estaba enfermo. Yo pillo todas las epidemias y tengo gripe asegurada todos los inviernos; soy un experto, un veterano de las enfermedades, y he guardado mucha cama en esta vida. Bueno, pues *Ros* venía a mi cuarto y se echaba a mis pies. Siempre que abría los ojos, febril y tembloroso, lo veía mirándome, con la boca abierta y jadeando y los ojos brillantes. Eso sí que lo echaré de menos. La próxima gripe será larga y dura. Y solitaria.

Por lo demás, de momento todo me vendría de cara. Porque papá, que siempre ha pasado de mí, a partir de ahora, está claro, intentará ser un buen padre, abnegado y servicial. ¡Y no me dejará en paz! Querrá demostrarme que puede hacer de padre y madre a la vez. Se siente culpable, como si a mamá me la hubiera arrebatado él. No habrá broncas hasta que se le pase, me juego lo que sea.

Naturalmente, no le dije a nadie que yo no sentía nada. Y eso que lo intenté, a ver si así podía sentir algún tipo de pesar. Pero era inútil: estaba vacío por dentro. Papá debía esperar mi desespero, pero yo no sabía fingirlo, y él cada vez estaba más pegajoso y protector. Porque el mayor inconveniente, que yo no había previsto, fue que tenía que aguantarlo muchas más horas. Antes, él se iba de copas con sus compañeros o lo que fuera, y llegaba a casa a la hora de cenar. Pero ahora...

Él trabaja en una empresa de coches, mejor dicho, de caravanas. No es vendedor, o no exactamente, pero por lo visto se ocupa de los pedidos de los dos vendedores de la casa y hace unos informes de ventas que generalmente lo ponen de mala uva. A veces sí atiende él directamente a algún cliente, y siempre que esto ocurre llega a casa diciendo que él es mejor vendedor que Enric Sallent –el más veterano de los dos vendedores–, y nos da la paliza durante toda la cena; de aquí pasa a explicar todo lo que sabía hacer cuando tenía mi edad y lo espabilado que era, para que yo me dé cuenta de lo inútil que soy a su lado. Y nunca puedo evitar oír los consejos que se le ocurren, unos consejos que yo nunca daría a un hijo mío, si es que llego a tenerlo algún día. Como por ejemplo:

–En la vida hay que ser espabilado –hombre, gracias por decírmelo; ¡a mí nunca se me hubiera ocurrido!...– y saber bien lo que se quiere. Un cliente, generalmente, nunca sabe lo que quiere, y en cambio tú sí lo sabes: quieres venderle una caravana. En esto radica tu superioridad sobre él. Tienes que conseguir que él comparta tu deseo. Pero previamente es necesario averiguar cuánto puede o quiere gastar. Hay que ser muy hábil, porque no todo el mundo sabe hacerlo. Hay que encontrar el punto medio, porque si eres demasiado insistente, malo: desconfían en seguida; y si te haces el desganado, se apagan como una planta sin regar. El término medio, ése es el secreto...

Suerte que esto sólo pasaba de vez en cuando, porque mamá no le hacía ni caso, y entonces yo tenía que aguantarlo y poner cara de estar muy interesado. A los adultos les encanta sentirse listos, y para eso necesitan un público. Si vienen amigos suyos a casa, no falla: nuestra lavadora es la mejor o, si no, es una ganga, sólo porque la ha escogido él; o en tal restaurante se come mejor y a mejor precio, porque lo ha descubierto él; o tal viaje es preferible a tal otro, y cosas por el estilo. Por eso, cuando papá conseguía alguna venta, como no podía hacerse el listillo en el trabajo –a ellos no podía irles con cuentos– y habría aburrido con su discurso a las visitas, tenía que aguantarlo yo.

Ahora todo esto empeoraría, porque venía corriendo del trabajo para «hacerme compañía». Mira qué bien. Y lo peor es que le dio la venada de salir juntos, y todos los sábados me hacía propuestas falsamente entusiastas:

–¿Qué te parece si tú y yo cogemos la bicicleta y nos recorremos el Cervantes?[1] O la Vila Olímpica, si quieres. ¿Qué te juegas a que te gano?

Mamá, antes, cuando yo era pequeño, no trabajaba, pero «ahora que ya tengo criado a éste» –«éste» era yo, claro– dijo que quería hacer algo. Encontró un trabajo en una especie de institución para mujeres. Daba clases de manualidades, que por lo visto era algo que siempre le había gustado y para lo que se daba mucha maña. Eso sí, ganaba poco. Y papá solía decir que si tuviéramos que vivir del sueldo de ella... y sacudía la mano y reía con sorna. Y ella se enfadaba, por supuesto. Bueno, el caso es que su trabajo significaba que también tenía derecho a estar cansada; así que pasaban de deportes y mataban las horas frente al televisor.

No se puede decir que no fueran unos buenos padres. Además, nunca se peleaban ni se gritaban. Jordi-búscate-la-vida siempre cuenta las trifulcas

1. Alusión a un parque público de Barcelona. *(N. de la T.)*

de sus viejos, y que lo único que puede hacer es darse el piro, desaparecer del campo de visión de sus padres si no quiere recibir él también. Damiana –su verdadero nombre es Núria, pero como era la tía que le gustaba a Damià todos la llamábamos «Damiana»– un día estuvo llorando en clase, y todo porque sus padres iban a divorciarse. Y Lluquet, un tío insoportable pero que, cuando lo necesitabas, te dejaba copiar, vivía a medias en casa de su padre y en la de su madre, y estaba hasta las narices de los dos, porque se ve que las dos parejas se odiaban entre sí y no lo disimulaban; creo que por eso Lluquet era tan esmirriado. O no, vete a saber, porque a mí, Lluquet...

Los míos no montaban estos numeritos. Mamá, eso sí, siempre refunfuñaba, y papá es un pelma, pero no se peleaban, no decían palabrotas y no me obligaban a tomar partido por ninguno de los dos. Si yo cumplía con «mis» obligaciones, me dejaban bastante tranquilo. Cuando llevaba las notas a casa, que solían ser malas, había un poco de jaleo, pero se les pasaba pronto.

A ellos les importaba tan poco saber qué pensaba yo como a mí saber qué pensaban ellos. No es ésta una mala manera de vivir.

Pero la muerte de mamá me condenaba a una inevitable intimidad con mi padre. De momento, estuvo muy obsequioso y se le veía muy angustiado por mí. Y no sólo se le notaba, sino que incluso se lo oí decir. Fue una noche en que vino a cenar uno de sus amigos, un tal Espadaler, que había trabajado en la empresa y ahora llevaba solo un negocio igual, pero con caravanas de segunda mano, y por lo visto le iba bastante bien. Papá le tenía envidia, y por eso se burlaba de él a menudo.

«¡Menudo tío! ¡Mira que llevarse la cartera de clientes de la casa! ¡Así cualquiera se independiza!», decía. Aun así, continuaban siendo amigos, o lo simulaban. Un día Espadaler le confesó a papá que estaba hasta el cuello de deudas, y papá se mostró compungido y amigable, pero yo le notaba que, en el fondo, se alegraba muchísimo. Pero luego las cosas empezaron a irle mejor y entonces venía a menudo a casa, como si se arrepintiera de haber confesado su derrota y ahora quisiese presumir; o porque estaba agradecido de que papá lo hubiera escuchado con tanto interés aquella otra vez. No lo sé.

El caso es que un día vino a cenar, cargado con una pizza y un montón de latas de cerveza, diciendo que ya que se invitaba él mismo, al menos ponía la cena. E hizo ver que ignoraba el comentario de papá, de que la cerveza de casa es mejor... Cuando me deshice de ellos, antes de encerrarme en el refugio que es mi habitación, fui al lavabo y, al salir, me quedé en el pasillo escuchándolos, porque había oído que hablaban de mí:

–No sé qué hacer –decía papá–. ¡Está tan raro! Siempre ha sido así, muy cerrado. Pero ahora... No sé cómo hablarle. Ni sé qué piensa...

–Hombre, es natural. Yo creo que lo lleva bastante bien, porque una cosa así, a los doce años...

–Pero es que no sé como entrarle. Paso en casa todo el tiempo que puedo, para apoyarlo, para que no se sienta solo, para que no piense en ello... y nada. Si le propongo salir, me mira como si me estuviera haciendo un favor. Ya sé que ahora empieza la adolescencia, que es una edad difícil. ¡Pero si al menos dijera algo! Si al menos llorara...

–No le des más vueltas, hazme caso. El tiempo

lo cura todo. Ahora debes tener paciencia y esperar.

–Había pensado llevarlo a un psicólogo. Es lo que hubiera hecho Margarida...

Se produjo un silencio, porque mencionar a mamá quería decir emocionarse. ¡Caramba! ¡No la quería tanto como para eso! Nunca los había visto pelearse, es cierto; pero tampoco darse un beso. A los adultos la muerte les da una pena inmensa, pero no por el difunto, sino porque en ella ven reflejada su propia muerte.

Lo del psicólogo me alarmó muchísimo, porque me dan un miedo terrible. Sólo quieren que hables tú, no paran de escribir y pretenden leerte el pensamiento. Y como no son capaces de hacerlo, se lo inventan. Por lo tanto, tenía que impedir que papá siguiera preocupado por mí. Es decir, ser más «abierto» con él –¡cómo odio la palabra *abierto*!–. O sea, decir y hacer todo aquello que él debía de querer que dijera e hiciera. Así que la táctica de bajar la vista y callar ya no servía. Y yo sabía qué quería él que hiciera: quería que llorara. Estaba frustrado por no verme llorar.

Vino al pelo que al día siguiente de esta charla nos dieran las notas de la primera evaluación, porque, mucha compasión y mucho «pobre Joel», pero mis notas eran un desastre. Podía matar dos pájaros de un tiro, y eso es lo que hice: le di las notas después de cenar y me marché corriendo a mi cuarto, me eché sobre la cama y fingí que lloraba. Estaba seguro de que papá vendría detrás de mí.

Cuando entró, yo simulé contener el llanto. Se sentó en la cama y me acarició la espalda.

–¿Qué te pasa, hijo?

–No puedo concentrarme. –Yo hablaba con la boca contra la colcha y me salía una voz muy convincente–. Sólo pienso en mamá. Porque no he sido un buen hijo. Y ahora ya no puedo hacer que se sienta orgullosa de mí... nunca.

Di en la diana: me abrazó como si tuviera cinco años, meciéndome incluso, mientras decía que no me preocupara por las notas, que lo importante era que yo superara la tragedia por la que habíamos pasado. Que lo tenía a él, que si bien no podía sustituir a mamá, haría todo lo posible por ayudarme. Que quería ser amigo mío y que le diera la oportunidad de que fuéramos «coleguis»... Porque dijo exactamente «coleguis», mi padre...

¡Qué remedio! Me tocó salir con él los domingos y verlo resoplar encima de la bicicleta, mientras juraba que se pondría a dieta. Pero, por suerte, tanta abnegación fue desvaneciéndose con el tiempo. Poco a poco. De vez en cuando, empezó a venir tarde a cenar, y luego ya fue cosa de todos los días. La comida no era un problema; papá comía cerca de la empresa, y yo, en el colegio; y la cena, si había venido Paca, nos la dejaba hecha y a punto para recalentar. Los sábados y domingo comíamos filetes de carne y embutidos.

Cuando apenas hacía un año de la muerte de mamá, la vida volvía a ser bastante soportable: la ternura forzada, el estar pendiente de mí y la obligación de ser amigos se iba evaporando. Tanto cambiaron las cosas que un día papá trajo una tía a casa. Era vieja, como papá, e iba demasiado maquillada. A mí me la presentó como «una amiga». Y un domingo salieron los dos a comer juntos. A mí también me invitaron, pero por suerte no insistieron mucho. Y una noche, después de cenar, Sara

–así se llamaba– se quedó a dormir incluso. Después de esto no volví a verla. Debieron de pelearse. Sea como fuese, papá se había rehecho, y eso significaba que a mí me dejaba en paz. ¡Ya era hora! Tan en paz que ni se enteró de un escándalo que había habido en el colegio –mis viejos no iban a las reuniones de padres ni en vida de mi madre...–: habían pillado a Damià en el lavabo de tías con la Damiana: ella con las bragas bajadas, y él, muy sofocado. Querían expulsarlos, pero al final todo quedó en agua de borrajas. Lo malo fue que Damià se daba ahora unos aires insoportables, porque decía que había probado tía antes que nadie y que cuando los pillaron ya habían rematado la faena... No estoy seguro, pero creo que mentía. Con la Damiana, tanto yo como la mayoría de los tíos de mi clase habíamos hecho algo, pero tanto como «meterla»... Eso no lo había hecho ninguno de nosotros.

A mí, la Damiana me daba igual, porque quien de verdad me gustaba era Esther, una tía increíble que, a pesar de sus trece años (los mismos que yo), nos ignoraba a los compañeros de clase. Era la chica más guapa que he visto en mi vida: tenía un pelo larguísimo, rubio, que le caía como una cascada sobre los hombros, y las cejas finas y los labios carnosos y rosados. No entiendo que haya chicas que se corten el pelo, que les guste llevarlo corto. Para mí, el pelo largo es la esencia de la feminidad: ¡da unas ganas de acariciarlo, tan suave y tan largo...!

Papá tampoco se enteró bien de que tenía que repetir séptimo, ni de todo lo que me pasó en el colegio. Porque la de Sociales, que no me puede ni ver –ni yo a ella–, había dicho en la evaluación, dando un puñetazo sobre la mesa: «¡Huérfano o no, la mía no la pasa ni que me maten!», y había añadido que la recuperación la tenía suspendida de antemano. Así que me quedaban cuatro y tenía que repetir curso. Y perder a los amigos. Bueno, y a mí qué. Total, Esther no sabía ni que yo existía, y a Jordi-búscate-la-vida, el mejor jugador de baloncesto del colegio y el único que había tenido las narices de robar un examen, lo cambiaban sus viejos porque decían que necesitaba «mano dura»... Eso sí que era jodido. Al mirar las caras de los de sexto, que el año siguiente iban a ser mis compañeros, me daban náuseas: ¡eran todos unos críos! Y unos imbéciles, de esos que se chivan al profe y que hacen los deberes todos los días.

Me esperaba un calvario.

Pero no fue así. Porque el curso siguiente yo no volvería al colegio. Ni al mío ni a ningún otro. Ni el otro curso, ni tampoco el siguiente.

Porque he estado enfermo tres años seguidos. Muy enfermo.

II

Todo esto que he explicado hace milenios que pasó. Lo he escrito más bien para acordarme yo mismo, porque me parecen cosas que le han ocurrido a otro en vez de a mí. La mayoría me dan vergüenza, como la falta de sentimientos hacia mamá, pero es la pura verdad, y, me avergüence o no, no puedo cambiarlo. Ahora soy muy distinto...

Fue antes del verano, cuando ya habían acabado las clases de aquel último curso, cuando tuve una especie de ataque. Estaba convencido de que me moría. Me encontraba en la cama, leyendo un *Superman,* y oía a papá quitando la mesa, canturreando, cuando de repente sentí un ahogo que me impedía gritar y que me cortaba la respiración. ¡Fue tan horroroso! El aire no me entraba, tenía un dolor agudo en el pecho y yo iba perdiendo el mundo de vista; entonces empecé a vomitar sangre, y suerte que papá entró a decirme que apagara la luz, porque, si no, estoy seguro de que me habría muerto.

Atolondrado o no, mientras me moría, papá actuó con una rapidez extraordinaria: ni se me acercó ni hizo el típico numerito de dar vueltas nerviosamente alrededor del que necesita ayuda. No: yo, que estaba perfectamente consciente mientras me moría, lo oí llamar por teléfono con una energía inusitada. Y en un visto y no visto unos enfermeros me subían a una ambulancia y me inyectaban algo que me permitió respirar un poco. Ya en el hospital, me dieron más cosas y perdí el conocimiento.

Cuando desperté, tenía la boca pastosa y seca como un cepillo, la cabeza embotada y me sentía muy débil, como si me hubieran aplastado contra el colchón. Y lo primero que vi fue el rostro de papá, con dos profundos surcos en la frente y una mirada que estaba entre el pánico y la preocupación. Nos miramos un rato, sin decirnos nada, y de pronto a papá le cayeron dos gruesos lagrimones, que resbalaron hasta su barbilla y de allí hasta mi cama.

–¿Cómo estás, Joel? –preguntó con una voz cavernosa y muy bajito.

–Ve a tomarte una cerveza –le contesté, no sé por qué. Tal vez porque la sed que yo sentía me hacía pensar en la que tendría él. Y lloró aún más al oírme.

Así empezó mi enfermedad, que ha durado estos tres últimos años. Al principio, nadie sabía qué me pasaba. Algo del corazón, eso sí. Y un principio de asma. Tuvieron que hacerme muchas, muchísimas pruebas.

A pesar de no saber seguro qué tenía, todos los médicos que me atendieron dijeron que tenía que guardar reposo absoluto. Pero no sabéis lo largo que se hace guardar reposo. Y cómo pesa el tiempo estando siempre en cama. Y cómo sufrí por tener que depender siempre de papá. Todo esto ahora me hace reír, pero entonces fue tan duro para mí que a menudo me quería morir. «Total, es como dormir. Cierras los ojos y ya no piensas más: y ya nada ni nadie te molesta.»

No sentía ningún dolor físico, metido todas las horas de todos los días en la cama. Pero me aburría. El aburrimiento es la peor plaga que puede caer sobre uno. No el aburrimiento de los domingos por la tarde, cuando te han fallado los amigos y tienes que quedarte en casa mirando programas de televisión chorras; sólo dan cosas buenas por la noche, lo tengo comprobado, la hora de los adultos.

Al principio, los amigos del colegio vinieron a visitarme, porque mi enfermedad «era noticia», como había ocurrido cuando murió mamá. Me parecía extraño ver a Damià y a Jordi-búscate-la-vida –que, aunque ahora fuera a otro colegio, seguía siendo mi mejor amigo– en mi habitación, como si fueran visitas. También había venido Lluquet, que, mira por dónde, era el que mejor llevaba lo de visitar enfermos. Los otros dos, con lo burros que son, no abrían la boca. Me habían traído un rompecabezas de mil piezas, que se notaba de lejos que había sido escogido por un adulto, porque era un paisaje cursi y relamido que ni a un tonto de remate le haría ilusión montar. Y no decían ni pío, con cara de tener ganas de largarse.

–Dicen en el colegio que tienes algo en el corazón –dijo Lluquet–. Yo tengo un tío que tiene lo mismo. Y lo han operado, y no veas qué operación. Tienen un aparato que separa las costillas –y el muy animal hacía como si abriera con las manos un armarito en el pecho– así, haciendo fuerza. Dicen que a veces las costillas se rompen, pero qué le vas a hacer; si no, no pueden operar el corazón. Lo cogen con las manos, latiendo, y lo ponen en un tarro de cristal...

–¡Sí, hombre!... –saltó Damià–. ¿No ves que no hay ningún tubo tan largo y que al enfermo no le llegarían los latidos?

–¿Qué tal la Damiana? –terció yo, para cortar la «amena» conversación con la que me estaban obsequiando.

–Psé –dijo Damià, encogiéndose de hombros–. Va a otro colegio. De monjas, creo.

–Pues sí que es mala suerte, tío.

–A mí me la trae floja. Era demasiado plasta, la tía.

–Quien está como nunca es Esther –saltó Jordi. Esther era vecina suya, cosa que siempre le había envidiado–. ¿Sabes que ha preguntado por ti?

–¡Eso te lo acabas de inventar!

–¡Que no, tío, que no! ¿Verdad, Lluquet? Díselo tú.

–Bueno, preguntar, preguntar... Cuando supo que recogíamos dinero para esto –y señaló con la barbilla el rompecabezas– fue la que más puso.

–¿Está guapa? –pregunté.

–¡Está más buena que nunca!

Cuando se marcharon sentí como si me hubiese quitado un peso de encima. ¡Qué pandilla de críos! Yo ahora era otro, lo notaba.

Por ejemplo, las relaciones con papá habían cambiado mucho.

Lo primero que hizo papá cuando me dieron el alta en el hospital para estar de baja en casa fue cambiar su habitación por la mía. La suya es mayor y tiene un balconcillo que da a la calle. En cambio, la mía es interior y sólo tiene una ventana que da al patio de luces. Además, me instaló la tele pequeña, y orientó la cama de tal manera que sólo con girar la cabeza pudiera ver ahora la calle, ahora la tele. También me compró una cama como las de los hospitales, que se levantan por la cabeza y por los pies con una palanca. Estaba muy preocupado por el lavabo, que según él estaba demasiado lejos, y estaba pensando en comprar un orinal de esos con tapa, pero yo le dije que la ilusión de mi vida era permitirme aquel paseo de diez metros de vez en cuando, así que desistió.

Él y Paca llegaron a un acuerdo con respecto a las comidas: ella hacía la comida, y así papá podía comer en casa, conmigo, y él continuaba haciendo la cena, pero sólo cosas nutritivas, como le habían aconsejado los médicos. Al principio no se daba mucha maña, pero poco a poco fue guisando mejor y siempre me consultaba qué me apetecía más.

No volvió a traer ninguna amiga a casa ni volvió a entretenerse al salir del trabajo. Y, lo que es más importante, no estaba nada empalagoso. Total: que yo sabía que lo tenía muy cerca si lo necesitaba, pero no se me hacía cargante.

Pero el aburrimiento me mataba. Él lo intentó de veras: primero con esta única visita de los amigos, que creo que fue cosa suya; luego, comprándome un montón de cosas, como por ejemplo máquinas de marcianitos, un karaoke y no sé cuántas cosas caras más que yo sé que no podía permitirse. Todo esto ayudaba, claro, pero al cabo de dos o tres días ya me había cansado. Me aburría. Miraba al techo, deseando dormir y no pensar.

–¿Quieres que te lea algo? –me decía papá, ante mi ensimismamiento. Yo decía que no.

Lo intentó en serio. Siempre tenía una pila de libros junto a la cama que ni siquiera miraba. Lo único que seguía haciéndome compañía era algún programa de televisión, pero que de verdad me gustaran había muy pocos, y papá entonces empezó a alquilar películas de vídeo, y con frecuencia me dormía viéndolas.

¿Qué hay que hacer para parar el cerebro? No hay manera de hacerlo, os lo aseguro. El cerebro necesita alimento, porque es muy activo, y no hay cosas suficientes en el mundo para alimentarlo si tú mismo no dices: «¡Ostras, esto sí que me gusta!». Y a mí no me gustaba nada. Nada de nada.

–Joel –me dijo papá una noche–, he pensado que tal vez querrías tener compañía durante todo el día. Un perro, quiero decir. ¿Te acuerdas de que el pobre *Ros* siempre te hacía compañía cuando estabas enfermo? Yo sé que no lo demostrabas, porque le cogiste manía desde que te mordió, pero le tenías afecto, ¿verdad? Claro que yo no tengo tiempo para cuidarlo. Y no quiero salir cada día a pasearlo, dejándote a ti solo. Pero he hablado con Sorribes, el vecino de arriba, que saca a su fox-terrier cada noche, y me ha dicho que por él, bien. Si quieres, él podría sacarlo de paseo. Del resto me ocuparía yo.

Lo pensé un momento. ¿Y qué con tener un perro al lado? Sí, era bonito ver a *Ros* velando cada enfermedad mía. Pero era *Ros.* Éste sería un desconocido. Y tal vez no encajáramos.

No acabé de decidirlo porque, para colmo, cogí unas anginas de caballo, con una fiebre que me convertía en pura brasa y que me clavaba en la cama, como si estuviera haciendo un agujero en el colchón con mi cuerpo. Papá estuvo a mi lado todo el tiempo. Debió de pedir un permiso en el trabajo. ¡Luego supe que había pedido las vacaciones de verano casi con un año de antelación!

Y del perro no se volvió a hablar.

Lo que sí ocurrió es que vino una legión de médicos a verme. Pasaban consulta. Sólo una vez tuve que ir al hospital, casi en brazos de papá, porque entre guardar cama y las anginas estaba tan débil que casi no podía caminar. Además, me costaba respirar.

–El asma se cura, no te preocupes –dijo el doctor Delgado, que era el médico que más se ocupaba de mí.

–¿Se cura? ¿Y qué? ¿Quería curarme, yo? De hecho, no quería nada en absoluto. Que alguien me diera algo para dormir siempre, porque el aburrimiento me estaba consumiendo.

Fue el doctor Delgado el que descubrió qué me pasaba: a los cinco años había tenido unas fiebres reumáticas a las que nadie dio importancia. Pero aquellas fiebres me afectaron las válvulas del corazón, tanto la aórtica como la mitral. Por eso me cansaba tanto, y por eso estaba tan delgado y anémico y pillaba todas las epidemias habidas y por haber. Tenía que hacer reposo y, de vez en cuando, ser internado en el hospital para someterme a pruebas.

El ataque que desencadenó todo esto fue un edema pulmonar, que te ahoga, acompañado de un vómito de sangre, que es lo que más alarmó a papá aquella noche que me llevó a urgencias con tanta celeridad.

Bueno, la cosa era como sigue: me tratarían con digoxina y confiarían en que el reposo me ayudara. Tenían que extremar las precauciones por lo que respecta a las enfermedades comunes y debería tomar siempre antibióticos, cosa que aún me debilitaba más. Si lo superaba, bien; pero esto era improbable. Lo más probable era que tuvieran que operarme, y me pondrían una prótesis de válvula que me dejaría como nuevo. Pero para decidirlo tenían que esperar. Un año, dijeron. Pero fueron dos. Y entonces, cuando tenía quince, empezó mi segundo calvario: el de la operación.

Yo ahora ya estaba en condiciones de entender todo lo que me decían, pero le pedí a papá un libro que me explicara lo que me sucedía, y tardé más de una semana en aclararme. Lo que más me extrañaba de mí mismo era que la operación no me diera miedo, a pesar de la preciosa descripción de Lluquet.

Aprendí muchas cosas de aquel libro de anatomía; por ejemplo, que después de la operación quedaría perfecto, como si tuviese una válvula intacta de nacimiento y yo nunca hubiese padecido aquellas fiebres reumáticas. Era, sin embargo, una operación arriesgada, y confiaban que el tratamiento...

El mayor cambio que experimenté fue después de la lectura de aquel libro, que me hizo compañía una semana entera. Luego volvió el aburrimiento. Fue durante una tarde en que estaba, como siempre, en la cama, esperando a que dieran un programa de tele que me gustaba. Tenía el televisor encendido, pero sin volumen, con el mando a distancia cerca para darle voz en cuanto comenzara. Estaba hecho polvo después de las anginas y del montón de antibióticos que me habían dado, y miraba la pantalla, donde estaban hablando unos políticos.

Movían los labios sin parar, y los enfocaban muy de cerca. Noté que entendía algunas palabras. O, mejor, algunos sonidos. «Ahora ha dicho una "o" y antes una "eme", pero dentro de una palabra larga...»

Así empezó mi aprendizaje del lenguaje de los mudos.

No quise comentarle nada a papá, ni le pedí ningún libro. Grababa programas como aquél y los iba pasando en el vídeo a cámara lenta. Cuesta muchísimo, no creáis, pero yo tenía todo el tiempo del mundo.

Por la mañana, cuando Paca se marchaba y antes de que llegara papá a comer, hacía el primer pase de cinta, y por la tarde, cuando ya se había marchado, me dedicaba de lleno, desde las cuatro hasta las ocho. Quería darle una sorpresa a papá. Quería también ser capaz de hacer algo sin ayuda.

No llegué a plantearme en ningún momento que aprender a leer los labios no sirve de nada para quien no es sordo. Sólo sé que aquel terrible aburrimiento desapareció del todo. Me apasionaba ir descubriendo cosas. Me traje a la cama el espejo de aumento de mamá y observaba mis labios diciendo, a velocidad normal, algunas palabras. ¡Y hacía progresos! Al principio, muy pocos. Cualquiera lo hubiera dejado correr. Pero yo tenía un largo, húmedo, gris y nublado día por delante.

Ya lo creo que le di una sorpresa a papá, pero antes de haber perfeccionado mi habilidad. Y es que me moría de ganas. Como si tuviera necesidad absoluta de presumir ante alguien de algo que sabía hacer. Lo primero que hacía en la vida por mi cuenta.

Fue un domingo. La puerta de mi habitación estaba abierta. Papá había puesto en marcha la lavadora, y la nuestra hace un ruido infernal cuando centrifuga. Asomó la cabeza por la puerta y me dijo –con los labios, porque su voz no me llegaba, ahogada por la lavadora– que había hecho guisantes con jamón y que había puesto una buena ración de mantequilla, como a mí me gustaba. ¡Lo entendí! Excepto el final de la última frase, porque había vuelto la cabeza para ver algo de fuera. Daba lo mismo, porque aquel trocito era fácil de adivinar:

–... como a ti [te gusta].

Le respondí, sin alzar la voz:

–Gracias, papá. Cuando esté bien, yo guisaré para ti.

Por supuesto, no me oyó.

–¿Cómo?

Y entonces se lo expliqué.

Se puso muy contento. Pero por el esfuerzo que había hecho y por salir del pozo de aburrimiento de una vez. Y procuró mostrar entusiasmo sin decir lo que sus ojos traslucían con tanta claridad: «Y eso ¿para qué sirve?».

III

Fueron más de tres meses, duros, aguantándome las ganas de tirar la toalla cuando perdía la paciencia –sucedió multitud de veces, sobre todo con determinadas personas, como por ejemplo los que hablan muy deprisa o los que llevan bigote–. Pero cuando me asaltaba esta tentación, pensaba en el aburrimiento, en aquel desespero de contar horas y minutos –«Faltan tres horas para la cena»; «Ahora, diecisiete minutos para las dos»; «A ver si cuento segundos a la misma velocidad que el reloj», etc.–, y me decía: «Mira, tío, tienes la negra encima y te tienes que pasar media vida pegado a la cama, y eso de los labios te gusta... –aunque no tanto como al principio–, así que continúa, que a papá le has dicho que puedes leer en los labios y él se lo ha creído...».

Un día, papá me trajo un sordomudo a casa. No sé de dónde lo sacó ni cómo llegó a convencerlo, pero me lo figuraba: «Hágame este favor, que mi chico está muy mal, y esto es lo único que lo distrae...». Para matarlo. No es que yo sea orgulloso, pero me sentía ridículo. Y me daba la impresión de estar pasando un examen.

Era un tío mayor, de unos veinte años o más. Tenía unos músculos increíbles y estaba muy moreno. Llevaba un peinado de esos húmedos que a mí, con este pelo ensortijado que tengo, nunca me quedaría bien. Y ponía ojos de cordero degollado. ¡La compasión...! Era una situación ridícula, y papá, un cretino consumado. Ni aquel tío ni yo sabíamos qué decir.

Papá nos entró una especie de merienda, muy infantil, y salió de la habitación para «dejarnos hablar», riendo entre dientes. El tío aquel se llamaba Antoni y había nacido sordo. Leía los labios mejor que yo las letras, pero sabía hablar con sonidos. A veces levantaba demasiado la voz y a veces hablaba demasiado bajo, pero se le entendía muy bien. Me preguntó si también conocía el lenguaje de los gestos y le respondí un «no» seco.

–¿Cómo se te ocurrió lo de aprender a leer en los labios?

–Me aburría.

Para mi sorpresa, y a pesar de la vergüenza que me daba, estuvimos «conversando» más de media hora sin emitir ni un solo sonido. Claro que él estaba adiestrado, me miraba directamente y pronunciaba despacio. Poco a poco se me fue pasando la vergüenza y le expliqué lo de mi enfermedad. Debía de ser una especie de *boy scout* plasta, porque yo, en su lugar, me hubiera largado y no hubiera aguantado ninguno de mis rollos. El caso es que me contó que para él ser sordo había sido un estímulo, y que así lo hacía todo en la vida: si se le planteaba algún reto, le gustaba desafiarlo, pero en las cosas normales y corrientes era más vago que nadie.

–Mira, ¿ves? –Y marcaba músculo con el bíceps–. Pues yo era esmirriado como... –iba a decir «como tú», pero lo pensó mejor–, un enclenque, y un día me dije: «Esto no lo va a hacer nadie por ti.

Ni aunque te tocara la lotería, ni aunque tuvieras mil criados. Si quieres estar cachas, tienes que currártelo». Y como no tenía ni un duro para ir a un gimnasio, hice ejercicio en casa. Ahora ya puedo pagármelo porque trabajo. Pero no creas, en casa es un palo. Da mucha pereza. Y no puedes beber ni fumar...

No era mala persona, sino al contrario: demasiado buena persona. Y yo desconfío de la gente así. Me da la impresión de que hace teatro.

Cuando ya se hubo ido, le pegué una buena bronca a papá (¡jo, qué gusto da abroncar a los tiranos!), que me escuchó cabizbajo, murmurando que lo había hecho para animarme, porque estaba muy bien lo que había conseguido yo solo.

–¡Y un pimiento! Aprender a leer los labios es una gilipollez. ¡Y no sirve absolutamente para nada!

Se fue sin chistar. Estar enfermo tiene sus ventajas.

Pero volvió; con los ojos brillantes y una mirada tímida.

–¿Sabes qué me ha dicho Antoni? Que es mucho más fácil aprender idiomas si sabes leer en los labios. Si quieres, te compro un curso de inglés en vídeo y lo pruebas. Él me ha recomendado uno; lo utilizan los sordomudos...

–¡No me da la gana de aprender inglés!

Y me volví de cara al balconcillo, dándole la espalda y dispuesto a no volver a dirigirle la palabra en todo el día.

En la calle había un tío y una tía morreándose.

Nuestro piso es una segunda planta, y yo llevaba miles de horas viendo pasar gente. Sólo que esta vez el tío que estaba morreándose con la tía estaba de cara a mí. Ella reclinó la cabeza sobre el hombro de él y él levantó la cara un momento. Lo «vi» hablar. Le decía que no le haría daño y que tenía gomas en casa. La muy puerca lo escuchaba sin moverse y el tío ponía cara de milhombres.

Empecé a imaginar que gracias a mi habilidad descubría un crimen o una corrupción política o una red de narcotraficantes. Me apliqué entonces a «escuchar» conversaciones de la calle, con los prismáticos de papá. Pero, primero, había muy pocos que hablaran justo en mi campo de visión y, segundo, nadie decía nada interesante. Lo dejé correr al cabo de una semana. Y me apliqué a la tele.

¡Ahí sí que descubría cosas! Por ejemplo, que algunos políticos catalanes hablan a su familia en castellano; que la famila real habla entre ella en inglés; que gente de la *jet set* dice tacos a porrillo y cosas por el estilo. Me tronchaba de risa y llamaba a papá, que venía corriendo y escuchaba mis hallazgos. Sonreía y me decía por enésima vez:

–¿Has intentado leer, Joel? Si te acostumbras, dicen que es como una droga, porque ya no puedes dejarlo...

¡Qué palo son los adultos!

Leer es el mayor de los aburrimientos. Cuentas las páginas que te faltan, y el autor venga a darte explicaciones interminables que no te interesan para nada, y a describir paisajes. Y los libros juveniles son aún peor: ¿se creen que somos deficientes mentales o qué? Siempre sale un tío que es muy valiente y muy bueno y que vive unas aventuras que no se las tragaría ni un crío de seis años...

A mí me encantan las pelis de Clint Eastwood, sobre todo las antiguas, cuando no estaba tan viejo como ahora. Y fue Clint Eastwood quien me convenció de aprender inglés. Porque la tele se estropeó al cuarto de hora de empezar *Harry el sucio;* bueno, sólo fallaba el sonido, la imagen se veía bastante bien. ¡Con lo que la había esperado toda la semana...! Podía leer los labios sólo en algunas escenas, pero, claro, era en inglés... Y le pedí a papá aquel curso de inglés del que le había hablado Antoni.

Me lo trajo el propio Antoni y me dio un montón de consejos estúpidos. Y otros más interesantes.

–¿Por qué no me explicas cómo es el curso ese que seguiste en tu casa para hacer músculos?

Sonrió con suficiencia y dijo que eso era otra cosa, que yo no podía hacer esfuerzos y que hacía falta una fuerza de voluntad que sólo algunos tenían, es decir, que yo no tenía.

–Cuando te hayas recuperado, te enseñaré. –Y marcó bíceps, mirándome con superioridad.

«¿Que yo no tengo fuerza de voluntad?», me dije cabreado cuando se marchó. Pero como los pensamientos no los oye nadie y no es igual que confesar a los demás tus flaquezas, reconocí que no, que yo era un mierda piojoso que no servía para nada. Que por no saber, no sabía ni estar enfermo, que mira que cuesta poco, porque sólo hay que ser un «paciente», o sea, uno que no hace nada de nada. «Está lo de los labios...», me decía.

En el lavabo me quité la camisa del pijama y me miré críticamente al espejo. ¡Jesús, anda que no soy feo! Tengo el pecho hundido, se me ven las costillas, no tengo ni un gramo de músculo, estoy blanco como la leche y aún no me ha salido ni un triste pelo en todo el cuerpo. ¿Y la cara? De crío, con unas ojeras de enfermo horrorosas y una mirada que hasta a mí me da náuseas. ¿Y el pelo? Un remolino estúpido, sin ninguna gracia. ¿Y el cuello? De niña. ¡Qué mierda de tío soy! Si yo fuera mi padre, me encerraría en un hospital y no me vendría a ver nunca.

Intenté hacer algunas flexiones y el ahogo fue tan horrible que tuve que avisar a papá. El pobre se asustó, al verme bañado en sudor y boqueando como un pez.

Había hecho tres flexiones.

De nuevo en la cama, después de todos los remedios que papá encontró a mano, me soltó un montón de chorradas:

–El doctor Delgado dice que tendrás que operarte. No quería decírtelo tan abiertamente para que no cogieras miedo. No ahora, sino cuando hayas completado el tratamiento. Y dice que la prótesis de válvula es como si nunca hubieras tenido nada. Que incluso podrás practicar deporte. Una vida completamente normal.

Y así un buen rato. No sé por qué, me eché a llorar, y entre sollozos iba diciendo:

–¿Por qué mamá me parió así como soy?

No se enfadó: me abrazó y empezó a decirme un montón de cosas tan halagadoras como falsas de mi persona. Y que tuviese paciencia, que era muy alto para mi edad y que, cuando estuviera bien, daría un cambio que ni yo mismo me lo creería. Que él también era enclenque de pequeño, y que en un verano hizo tal cambio que no lo reconocían ni los parientes que llevaban algunos meses sin verlo.

Era una retahíla de mentiras estúpidas. Pero me calmé.

–¿Por qué tienes tanta paciencia conmigo, papá?

–Porque te quiero. –Y lo dijo de verdad. Se nota cuando alguien es sincero.

Me hubiera gustado añadir que lamentaba haber hablado de mamá, pero ya era todo demasiado empalagoso, así que me callé.

–¿Quieres que hagamos una cosa? –me propuso–. ¿Por qué no aprendemos tú y yo el alfabeto Morse para comunicarnos? Te prometo que yo también lo aprenderé. Cuando era como tú me dio una vez por ahí y lo aprendí.

Empezamos el día de mi cumpleaños, el 8 de marzo, cuando cumplía catorce años, y, en efecto, lo aprendimos juntos. Tampoco servía para nada, en un piso tan pequeño, pero fue divertido. Tanto, que le pedí que siguiera el curso de inglés conmigo; pero se excusó diciendo que ya no sabía de dónde sacar más tiempo.

IV

Papá estaba tan consagrado a mí que ya no tenía visitas, ni venían invitados a casa ni nada. Fue Paca la que me hizo caer en ello:

–¡Qué suerte tienes de tener un padre así! ¡Tendrías que dar gracias a Dios todos los días! ¡Y encima, le echas unas broncas que se te debería caer la cara de vergüenza! Si lo vieras, pobre hombre... Que no es de este mundo lo que él hace. Todo el día trabajando y, luego, corriendo para casa a padecer por ti.

–¿Y qué quieres que haga yo, eh? Yo no tengo la culpa de estar enfermo...

–¿Se te ha ocurrido alguna vez decir: «Gracias, papá»? Mira que cuesta poco. Y a ti no hay quien te aguante...

Estaba de morros conmigo porque le había dicho, por enésima vez, que no tocara nada, pero nada de nada, de mi mesa. Y que no sacudiera la alfombra en el balcón, que estaba prohibido hacerlo. ¡Y que no quería que me planchara los tejanos con raya!

–Yo no le he obligado a nada, que conste.

–Pero, Joel, ¿no ves que no es bueno vivir como vive tu padre? Es un hombre joven y con buena planta. Y sin la mujer, pobrecito mío... Los hombres necesitan desahogarse, hablar, que alguien les dé la razón: poder presumir un poco. No tiene nada de malo. Y siempre ha sido así.

¡Qué tía más pelma, la Paca!

Aquella tarde íbamos papá y yo al dentista, porque tenía una muela picada y no podía aplazarlo más. ¡Odio a los dentistas! Y más a los que te engañan diciéndote que no te harán daño. Por eso Paca me había preparado la ropa e, inevitablemente, me planchó la raya en los tejanos.

Me llevé una buena sorpresa cuando me vestí: ¡me venía corto!

–Las enfermedades hacen crecer –dijo papá con convicción–. Lo malo es que no sé comprar ropa, y tú no estás para ir de compras. Si esto del dentista ya me parece abusar de tus fuerzas... Lástima que no puedan hacer visitas a domicilio. ¡Ay, señor, qué cortos te van estos pantalones! Pareces un payaso, hijo. Y yo que no sé ni comprarme mi propia ropa.

De repente guardó silencio, pero estaba claro que volvía a pensar en mamá. Y en aquel preciso instante me sentí horriblemente culpable: de mi enfermedad, de la vida que llevaba papá, de no haber sentido nada cuando murió mamá. Me sentí tan culpable que me puse como la grana, como si fuera a tener otro ataque, y papá se asustó mucho. Le aseguré que estaba perfectamente. Sólo que me había acudido mamá al pensamiento. Y entonces le confesé mi secreto: que no había sentido nada cuando murió.

Me miró con extrañeza y acabó asintiendo con la cabeza.

–Hay cosas que no pueden soportarse y nuestro cerebro nos engaña. Nos las esconde. Y después, cuando ya pueden soportarse, el cerebro deja de escondérnoslas. Algo así te ha pasado a ti.

–Es que si fuera ella la que me cuidara, me parecería normal. No me sentiría mal, como cuando te veo a ti todo el día a mi lado. No sé cómo decirlo.

–Yo te entiendo. Son cosas que no pueden decirse, porque te llaman machista y todo eso. Pero, ¿sabes? A mí me ocurre lo mismo: las madres están hechas para esto. Y nosotros, no. Es algo que se lleva en la sangre, digan lo que digan. No sé si has visto una película preciosa, *Kramer contra Kramer...*

Papá estaba agachado tomándome medidas de los pantalones, en cuclillas, y me miró. Estaba muy cerca y me fijé en su cara: redonda y morena, con una narizota en medio y llena de puntos negros de una barba que no se había afeitado desde la mañana, y una verruga blanca junto a la aleta derecha de la nariz. Entradas en el pelo y un cuello de toro. Me eché a reír y le dije que la Paca había dicho que era un hombre con buena planta.

–¡Y yo te encuentro horrible! –dije, muriéndome de risa y haciendo reír a papá también, que me recitaba el consabido «El hombre y el oso...».

El dentista no me hizo daño. Pero el aire de la calle, el tráfico, la vida moviéndose por todas partes me marearon y llegué hecho una pena a mi querida y detestada cama.

Por el camino le había dicho a papá que quería que saliera, que hiciera vida normal. Que trajera amigos a casa, como antes. Que así me ayudaría a mí a no sentirme culpable.

Y, en efecto, me hizo caso. Un día vino a cenar Enric Sallent, el vendedor de la empresa donde trabaja papá, con su mujer, que se llama Llúcia y era una cursi rematada. Papá había encargado comida china y me rogó que hiciera un esfuerzo y cenara con ellos.

–Estaréis mejor sin mí. Pero guárdame un plátano frito con miel, ¿eh?

Los oía desde mi habitación, armando jarana y manteniendo una conversación de esas tan idiotas que tienen los adultos. De vez en cuando bajaban la voz, porque debían de estar hablando de mí. Entreabrí la puerta y los pillé con el espejo de mano: ¡podía «oír» toda la conversación sin que lo supieran! ¡Ni papá podía sospechar que estaba «escuchándolos»! Pero no hablaban de mí cuando bajaban la voz, sino de sexo. De la vida sexual de papá. Llúcia le decía que tenía que desahogarse. Y que si no le gustaban las putas, ella le presentaría algunas amigas de manga ancha. ¡Menuda tía!

Son unos cretinos. Todos son unos cretinos.

Ha venido a verme Jordi-búscate-la-vida, que está muy cambiado. Está muy alto y marca algo de músculos. ¡Hasta tiene pelo en el pecho! Eso sí, tiene la cara hecha un cromo, plagada de granos a punto de reventar. Y tiene un rictus en la boca que antes no tenía, como si fuera más cínico.

Va a una academia particular donde, según dice, las cosas son mucho peores que en el colegio.

Se ha pasado el rato presumiendo de tías, criticando a los profes y asegurando que si encuentra un buen curro, él cuelga los libros. Se ve que le han propuesto entrar en un grupo de rock que es tope, pero que tiene que practicar con la batería (el único instrumento con el que se atreve). Y como no tiene...

–La cantante está buenísima. ¡Tiene unas tetas para comérselas, tío!

Pero me ha hecho ilusión que viniera. Aunque él también sea un cretino.

Luego me he pasado horas reflexionando sobre mí y sobre los demás. No me gusta nadie, eso es un hecho. Y soy muy distinto a todos. Porque, a ver, ¿qué tengo yo en común con Jordi? Y no lo digo por la enfermedad, ni por estar en cama, pero eso de pensar sólo en tías y en pelas... Claro que yo no tengo precisamente pensamientos filosóficos, pero leo el periódico, escucho las noticias, me intereso por lo que pasa. No soy ningún especialista, pero sé de qué va el rollo de la política. Y los otros, no sé..., es como si quisieran ser siempre críos; tener pasta para divertirse, motos y coches y cosas así para fardar. Si estuviesen en una isla desierta, no les gustaría nada de todo esto: sólo quieren que los demás lo vean. Presumir. Por ejemplo, yo he aprendido a leer en los labios y no le he dicho nada a Jordi, porque es algo que he querido hacer por mí mismo, no por los demás. Y claro que me gustan las tías. Esther me gustaba a rabiar, y hubiese hecho lo que fuera por darle un beso, en los labios, y con lengua, pero de esto a ir de culo por todas...

Naturalmente todo esto no lo comenté ni con papá ni con nadie. Lo digo porque parece arte de magia: ¡al día siguiente de ver a Jordi-búscate-la-vida se presentó Esther en casa!

¡Quería que me tragara la tierra!

Se la veía mayor, más seria, e iba muy pija, con un chaleco largo y una falda corta.

Estaba preciosa.

Se lo debía a Jordi, que se la había encontrado en el ascensor y le había hablado de mí, y por lo visto ella se había conmovido. Pero el muy imbécil también le había dicho otras cosas que tendría que haberse callado.

–Me ha dicho que siempre te he gustado.

Y rió, mostrando unos dientes tan blancos que, por un momento, pensé si serían postizos. Como las uñas, que no es posible llevarlas tan limpias.

–Ése, cuando quiere decir chorradas, se lleva la palma.

–Por eso he venido: mi buena acción de esta semana.

Y volvió a reír. ¿Verdad que son raras, las tías?

Papá vino en mi auxilio con su merienda infantil, pero se comportó. Nada de hablarme con tono relamido, como hacen los padres cuando los hijos tienen visita, ni de hacerse el moderno, como acostumbran hacer.

Cuando Esther se marchó, papá y yo nos miramos.

–¿Verdad que las mujeres dejan un olor especial? No es perfume, ni colonia, ni olor de maquillaje. Es otra cosa –dijo.

Olí tan fuerte como pude y sí, allí estaba: mi habitación olía a tía.

Cuando ya se notaban los primero calores, tan húmedos y bochornosos, de Barcelona, hubo dos novedades importantes. La primera es que mis progresos en inglés fueron tan tangibles que papá le consultó al doctor Delgado si podría continuar los estudios estando en cama. Y como respondió que sí, papá intentó convencerme para que sacara el curso. Que había dejado el séptimo colgado, que no había podido repetir por culpa de la enfermedad; que ahora llevaba dos cursos de retraso y que cuando estuviera bien me moriría de vergüenza de tener que ir a clase con los pequeños.

–Además, los profesores serán benevolentes contigo, ya lo verás. Da no sé qué ver a un estudiante en cama. Puedes matricularte por libre; ya iré yo a hablar a la escuela. O si te da apuro, puedes matricularte en otro colegio.

Yo me negaba rotundamente. Sólo de pensar en las asignaturas se me ponía mal cuerpo. Además, tenía pensada otra cosa, aparte del inglés...

–¿Y un profesor particular? Alguien que te fuera ameno explicando, que te ayudara en los exámenes. A ti te serviría de distracción. Y estudiar es imprescindible. No puedes ser un ignorante toda la vida.

–¡Ya ves de qué sirven la historia y las mates y todo eso!

Me ponía furioso que pudiera ni siquiera tomarse en consideración eso de continuar los estudios. ¡Querían robarme la única ventaja que tenía estar enfermo!

–Joel, acabarás los estudios. Si no ahora, cuando estés bien. No voy a permitirte dejarlos. Y tu madre no me perdonaría jamás que te lo permitiera.

Era la primera vez que me reñía desde que estaba enfermo. Y me sentí fatal.

Lo medité. Si me dejaran hacer sólo un par de asignaturas... Y sin profesor particular, que bastante sé que son estudiantes universitarios que sólo buscan el dinero, y tú les importas una mierda. Bien mirado, el inglés me lo sacaría sin problemas. La pega era la lengua. Y las mates. Y todas. Pero papá hablaba en serio cuando decía que tenía que continuar mis estudios; e ir con mocosos era aún peor que tener que estudiar.

Cuando le dije que sí se le iluminó la cara y me despeinó con su manaza fuerte y grande. Pensándolo bien, papá no es mal tío.

La segunda novedad se llamaba Lurdes.

Era una clienta de papá. Él le había vendido la caravana más cara del almacén, una que costaba mucho colocar, y lo hizo en cinco minutos. Cuando me lo contaba, le temblaban las mejillas de satisfacción. Después de firmar los papeles, invitó a la clienta a un café –«Algunos compañeros se gastan una fortuna en comidas para convencer al cliente, y yo, ya ves, un solo café y encima insistiéndole mucho», dijo–, y allí ella le explicó que tener una caravana era la ilusión de su vida, pero que su marido decía que él, si viajaban, quería una cama de verdad para dormir, y comer en una mesa de verdad y con platos de verdad. Y que se dejara de pijadas. Pero ahora se habían divorciado y a ella le tocó una parte del dinero y lo primero que quiso hacer fue comprarse la caravana más cara y bonita que encontrara. Y que llevaba tantos años planeando las excursiones que haría, los sitios adonde iría, que podía decirse que lo tenía todo planificado. Sabía dónde guardarla, qué rutas eran las mejores, qué campings los más cómodos: todo.

Pero debió de explicarle más cosas a papá. Y papá a ella, porque una tarde vinieron los dos juntos.

Era una tipa preciosa, tengo que reconocerlo.

Incluso papá estaba más majo.

De repente me sentí mayor, maduro, adulto. Me hacía gracia verlos juntos, como dos críos, y la manera tonta en que se miraban y cómo se les escapaban risitas sin querer.

Fue Lurdes quien me hizo leer. La única persona que me convenció:

–¿Te llamas Joel? Qué gracia: el protagonista de mi libro favorito se llama Joel.

En la siguiente visita llevaba el libro y me leyó un fragmento. Se llamaba *Otras voces, otros ámbitos*, y lo había escrito un norteamericano: Truman Capote. El trozo que me leyó me gustó muchísimo. Nunca me habían leído nada mejor. Se lo pedí y me dijo que era un regalo para mí, que por eso lo había traído. Y aunque era un libro difícil y confuso y me costó ir pasando páginas, me lo tragué entero. Eso sí: el mejor trozo era el que Lurdes me había leído.

Un día que estaba solo fui a echar un vistazo a los libros de papá. Porque él lo guarda todo, y tiene libros de sus padres incluso, unos libros que ni él ni nadie ha leído nunca. Bueno, los abuelos no lo sé, porque yo no los he conocido. Quería encontrar un libro con palabras tan bonitas como las de *Otras voces, otros ámbitos*, y ninguno de los que había se parecía.

Encontré tres volúmenes, encuadernados en piel, que, al abrirlos, vi que tenían ilustraciones, y me los llevé a la cama. Miraría las láminas. Porque la idea que me bailaba en la cabeza era aprender a dibujar por mi cuenta, y los dibujos de aquellos libros eran buenísimos. Eran grabados en boj, con muchos detalles.

En la cama los repasé sin leer nada, con cuidado, porque el papel era muy fino. Y tropecé con un grabado rarísimo: representaba una especie de monstruo, pero que tenía algo simpático. La cabeza era como un melón, pero un melón horizontal, es decir, mucho más ancha que alta, y los ojos eran una masa de carne que a duras penas dejaban ver unas grietas horizontales, y la boca era más o menos como la del hombre de Netol. El título del libro era *El hombre que ríe* y el autor, Víctor Hugo. Era un libro larguísimo y el autor, uno de esos clásicos que son unos plomos.

No obstante, no pude levantar la vista del libro y me sorprendí a la hora de la cena con más de cien páginas leídas. Aquel tiempo inmenso, inacabable, que eran todas las tardes de todos los días, hoy se había evaporado en un instante.

Estuve toda la cena explicándole a papá las aventuras del hombre que ríe: cómo lo habían torturado de niño sus secuestradores, poniéndole la cabeza en un torno de carpintero, y que era tan feo que todo el que lo veía caía muerto al suelo, y por eso debía llevar la cara cubierta con un velo de adormidera.

Papá me escuchaba poniendo toda su atención.

Pero fue Lurdes quien no sólo me escuchó, sino que me comprendió. Repasó el libro conmigo, mirando los dibujos, exclamando que era la clase de libro antiguo que más le gustaba, y que aquella historia era preciosa, de esas que nuestros abuelos conocían de memoria, como nosotros la serie *Bola de Dragón*, y que cuando acabara el primer volumen, ella también querría leerlo.

Ese día nos hizo ella la cena. De postre preparó unas crepes increíbles. Esa noche expliqué en la mesa mi proyecto de aprender a dibujar. Lurdes opinó que era una buena idea; papá, que eso me distraería de los estudios. ¡Pero aún faltaban dos meses para empezar el curso...!

–Todo lo que puedas adelantar ahora será trabajo que te ahorrarás... –añadió.

Pamplinas.

El domingo siguiente, Lurdes me trajo una mesa como las de hospital, de esas con ruedas que se atraviesan en la cama, y un álbum enorme de dibujo y un estuche con todo tipo de lápices, y un libro que lo explicaba todo de pe a pa.

–Yo había dibujado bastante de soltera, ¿sabes? Lo primero que tienes que aprender son las proporciones de las cosas.

Y me enseñó cómo medirlo todo poniendo el lápiz vertical y entrecerrando un ojo. También me indicó el capítulo que hablaba de la perspectiva y me aconsejó que lo leyera bien, porque no hay otra cosa más fea que una silla con unas patas que no pueden tocar el suelo.

Tanto papá como Lurdes tenían planes. Ella tenía ya las vacaciones programadas, con su caravana –«Ya sé que tu padre no puede acompañarme, pero cuando estés bien haremos excursiones los tres juntos. Cada fin de semana, si quieres»–, pero, de momento, querían jugar al tenis los domingos.

–El tenis siempre me ha gustado –decía papá–. Era bastante bueno. Lo dejé cuando tú naciste. Y ahora mira lo fofo y barrigudo que estoy de no hacer ejercicio. Lurdes me ha convencido. Y no creo que te pase nada por estar solo unas horas. Tendrás siempre el teléfono del club de tenis a mano. Y he pensado hablar con Sorribes, el vecino, que puede oírte si das una voz por el balcón del dormitorio. Él no se va de vacaciones este año, porque está de oposiciones y la familia lo ha dejado solo.

Me miraba con ansia. Ya ves: también él se sentía culpable. Por un momento pensé que estaría bien hacérselo sudar un poco, pero me dio pereza.

Se esperaba de mí no sólo que diera mi consentimiento, sino que insistiera para que él se quedara tranquilo. Ya ves tú, a su edad, para qué quería hacer músculos...

Y no sólo esto, sino que un día, poniéndose confidencial –en momentos así de verdad que no sé qué cara poner, y me pongo muy nervioso– me dijo muy solemnemente que había hablado con el doctor Delgado. No sabía cómo decírmelo ni cómo me lo iba a tomar yo, pero se le notaba que se sentía en la obligación de decirme algo importante. Total: que lo mío no era hereditario, que era una coincidencia que mamá sufriera del corazón sin saberlo y yo también. Que la culpa de lo que me pasaba era exclusivamente de aquellas malditas fiebres reumáticas. Cuestión de mala suerte. Pero que si por un momento se me pasaba por la cabeza la idea de que lo había heredado de mamá, que lo olvidara. Que los médicos estaban completamente seguros.

Me encogí de hombros. ¿Y a mí de qué me servía que me viniera de esto o de lo otro? Además, era un argumento incongruente: si hubiese sido cosa de herencia, también habría sido mala suerte, ¿no?

–Te lo digo, Joel, porque quiero que cuando pienses en ella lo hagas de la mejor forma. ¡Te quería tanto! Si supieras... –Y aquí, otra vez el numerito de la emoción y de contener las lágrimas... ¡Hostia!–. Me supo mal el día que dijiste que te sentías... bueno, que no te gustaba tu físico, y dijiste más o menos que por qué mamá te había parido así. Eso no es justo, ¿sabes? Ni para ti ni para ella. Para ella, porque durante todo el embarazo se cuidó mucho, y no dejaba de pensar en ti con ilusión.

¡Te quería desde antes de nacer incluso! Y para ti porque ahora eres un crío, pero ya crecerás. De hecho, estás creciendo muy deprisa a pesar de todo. Tienes el cuerpo que corresponde a tu edad, ni más ni menos. Lo que pasa es que todos los niños, queréis ser mayores. Eso es lo que pasa.

¡Puaf! ¡«Todos los niños»!

¡Qué palo son los padres! ¡Pero qué palo!

Bueno, pues el día que dijo lo del tenis se apresuró a decir que era un club del barrio de Horta, muy barato, sin ningún tipo de lujo. ¡Para que veas si se sentía culpable, el viejo! ¡Como si yo controlara su dinero!

De manera que les di a los dos mi bendición y fingí todo el entusiasmo de que fui capaz. Mira, si estaba solo no me darían el coñazo ni Lurdes ni él.

No obstante, me sentí raro cuando al domingo siguiente salieron después de hacerme miles de recomendaciones. De repente. Como si la casa hubiese empequeñecido. Como si hubiese ruidos extraños por todas partes.

«Va, tío, no seas gallina. No estás inválido. Si hay fuego, puedes correr, como cualquiera. Si entra un ladrón..., bueno, si va armado, da lo mismo que estés solo o acompañado. Además, dicen que los ladrones no hacen daño a los enfermos ni a los retrasados, que es una especie de código secreto entre ellos.»

Pero me sentía raro sabiendo que no había nadie.

«Ponte a dibujar, que ya es hora, tío. Y después, un poquito de inglés. Mira, puedes cantar tan alto como quieras esas cancioncillas idiotas del curso de inglés.»

Pero me vino mamá a la memoria. Por primera

vez desde que murió, me vino a la memoria tal como era cuando estaba viva. No sé qué pasó, pero de repente sentí una angustia muy fuerte y lloré como un bebé. Y la llamé en voz alta.

¡Dios, cuánta falta nos hacía a papá y a mí!

V

Lurdes tenía una peluquería. Su marido tenía mucha pasta y, cuando se divorciaron, le tocó un buen montón de dinero. Era peluquera desde soltera y, con el dinero del divorcio, se compró primero la caravana y después abrió una peluquería. «¡En un barrio donde no hay ninguna, Víctor!», le decía a mi padre. La arregló con muy buen gusto según el gusto, claro, de mi padre, o sea que... Vete a saber.

De momento tenía poca clientela, pero ya había ideado una promoción para estudiantes que estaba segura de que funcionaría. Pero lo primero de todo era el famoso viaje en caravana a Bélgica, que estaba harto de verlos mirando planos en la mesa del comedor, y a ella explicándolo todo como una experta... Una experta teórica, digo yo, porque, según decía, lo máximo que había hecho era acampar de joven. No sé si papá lo tenía tan claro como yo –¡a veces era tan inocente!–, pero era evidente que la afición le venía de algún novio que había tenido antes de casarse. Y desde entonces tenía el carné especial, que ya se había renovado una vez y todo, sin estrenar.

Papá le dijo un día si no le daba miedo, sin tener experiencia y yendo sola, y que podía sufrir una avería o algo así. Algo así, por el tono de voz, no quería decir un accidente –Lurdes presumía de conducir muy bien y de ser muy prudente–, sino que la violaran. Todos los hombres que conozco tienen pánico de que violen a sus mujeres. Les da más miedo incluso que a ellas. Pero ella fingió que no entendía a qué se refería papá y dijo que era del RACC[1], que lo tenía todo milimetrado y que sólo de pensar en ello se le alegraba el alma.

Últimamente, sin embargo, se le alegraba poco el alma cuando hablaba de ello.

Pobre tía.

Primero por el marido, que no la dejaba, y ahora por papá, que no podía dejarme a mí, renunció al viaje.

Y papá le buscó un comprador para su caravana, que, si no la usaba, resultaba muy cara de mantener. Un comprador que, como es lógico, aun estando sin estrenar, la adquirió a precio de segunda mano.

Y no es que papá le pidiera que renunciara. Fue ella, con la excusa de que era una locura cerrar la peluquería ahora que acababa de empezar y que había hecho las primeras clientas.

–En agosto dicen que no hay un alma en Barcelona. Pero los que están recorrerán kilómetros para encontrar una peluquería abierta. ¡Y con aire acondicionado!

Daba pena oírla dar estas explicaciones.

No sé cómo lo aguantan las tías. Anda que yo me iba a perder por una tía algo que me hiciera mucha ilusión y tuviese los medios para hacer. ¡Ni aunque me lo pidiera Esther en persona!

Así que se quedó todo el verano en Barcelona.

1. Las siglas RACC corresponden al Reial Automòbil Club de Catalunya (Real Automóvil Club de Cataluña), que ofrece los seguros de asistencia en ruta con mayor aceptación en Cataluña. *(N. de la T.)*

Seguían viéndose en casa, después de la consabida visita a mi habitación. Reconozco que la conversación de Lurdes me gustaba. Lo malo es que apenas tenía tiempo para mí, porque salía tarde de la peluquería y sabía que papá la estaba esperando, ya que él salía del trabajo antes.

Papá había consumido ya sus vacaciones de verano, aunque no todas, cuando estuve tan jodido, y como su negocio funciona bien en verano –él dice que es en primavera cuando hay más movimiento, porque en pleno agosto todo el mundo tiene las vacaciones superplanificadas y ya nadie piensa en comprar caravanas–, en la empresa no le perdonaron ni un día de los que le anticiparon.

Me hubiera gustado que Lurdes hubiera tenido más tiempo para mí, porque era muy buena dibujando. En cambio, en pintura estaba muy pez. Y a mí qué: lo que me interesaba era el dibujo. Además, no se puede pintar estando en cama. Ella también opinaba que servía para el dibujo y que le dedicaría más tiempo si no fuera tan agobiada. Y a mí me ayudaba un montón, porqué había cosas que no me salían ni a tiros. Las manos y los pies, por ejemplo. Y los animales. En cambio, ciudades, calles, casas, parques, eso me salía de narices.

–No hagas esfuerzos, Joel –me repetía papá a diario cuando, después de la visita de Lurdes, se iban al comedor a magrearse.

Y los domingos iban a jugar al tenis. ¡Pobre papá! Daba pena verlo hecho una mierda por el esfuerzo de los partidos y jurando que se habían acabado las grasas, el pan, el vino y el azúcar. ¡Ja! Los buenos propósitos le duraban hasta el lunes o, con mucha suerte, hasta el martes; regularmente, el miércoles soltaba el tan manido «Por una excepción...», y se echaba sobre la comida como un lobo hambriento.

Y yo era incapaz de acabarme el primer plato...

En agosto se presentó en casa una tía con pinta de monja, cargada de libros: era la profesora particular que papá había contratado para prepararme el curso. ¡Sin consultármelo! Había aceptado continuar los estudios desde la cama, conforme, pero había dejado bien claro que no quería saber nada de profesores particulares. Lo que más me dolió es que a aquella mujer la había encontrado Lurdes. Me habían traicionado los dos. ¡Me habían traicionado miserablemente!

Fue inútil protestar. Fue inútil explicarles que me acababan de quitar cualquier estímulo para coger los libros. Fue inútil decirles que si a un enfermo al que han prescrito reposo le obligan a hacer algo así, se le resentirá la salud, y entonces todo será lamentarse y exclamar: «¡Pobre Joel!».

–Si tienes fuerzas para el inglés y para el dibujo, también las tienes para las asignaturas de séptimo. Menos cuento. Nunca te ha gustado estudiar, y ahora quieres hacer lo que te venga en gana con la excusa de la enfermedad. ¿No ves, pedazo de alcornoque, que de mayor serás un burro y un ignorante si de pequeño no te esfuerzas en los estudios?

¡Imbéciles!

La profesora se llamaba Encarnació y trabajaba en un colegio que, naturalmente, estaba cerrado por vacaciones. Me juré que averiguaría si era legal que una profesora en plantilla diera clases particulares. ¡Porque aquella individua estaba cobrando su salario de agosto de mi dinero como contribuyente! O como hijo de contribuyente, que para el caso es lo mismo.

Además, era un tía horrible.

Era profesora de Ciencias y, según su teoría, para eso hacía falta preparación, porque las asignaturas de letras son sólo cuestión de empollar. Y decía que se le daban bien los «casos difíciles». Y aún gracias que papá le debió de decir que no podía ponerme demasiados deberes porque mi salud estaba por encima de todo.

La odiaba.

Lo primero que hizo fue ponerme un examen. Así, por el morro, sin avisar ni dejar que me lo preparara. Esto también está prohibido: la ley dice que todo alumno tiene derecho a saber con antelación la fecha de exámenes. Me salió fatal.

No le dirigí la palabra a papá en todo el día.

Y a Lurdes le dije que era una lástima que no estuviera en Bélgica, «con lo que te hubiera gustado, ¿no?», con un sarcasmo claro y directo.

Aquel examen me escocía por dentro. Y como desde que estaba enfermo me había acostumbrado a decirme la verdad a mí mismo, por la noche, estando solo, y a pesar de la rabia que me daba, reconocí que era un ignorante. Un burro consumado. Un tarugo de primera. Que no sabía ni lo de sexto, ni lo de quinto, ni nada de nada.

Porque, a ver, ¿qué sé yo de Mates? ¡Si no me salen ni los quebrados! ¿Y de Ciencias? Y no digamos de Lengua. Además, la tipa aquella pasaba de la Lengua, porque sólo sabía castellano y se limitaba a ponerme los ejercicios del libro, que ni tan siquiera me corregía.

Por eso estaba tan cabreado, porque había quedado clarísimo la clase de ignorante que era.

No siervo para nada. Dibujo fatal, mis progresos en inglés son lentos y del resto no sé ni papa.

Tampoco tengo ninguna habilidad y en los deportes era un patoso, quizá por la enfermedad; en todo, en todo soy una nulidad, un cero a la izquierda.

Y aquella maldita Encarnació lo decía sin tapujos:

–Vas tan atrasado que tendrías que matricularte en cuarto.

Delante de papá y de Lurdes.

Me moría de vergüenza.

El trato con papá era que Encarnació vendría todos los días durante el mes de agosto, una vez por semana en septiembre (tendría que ser los sábados, dijo la muy tramposa, que estafaba a su colegio con total impunidad), y un repaso mensual durante el resto del curso.

La montaña de trabajo que tenía por delante me mareaba, y estaba seguro de que no aprobaría ni una asignatura.

¿Por qué no me moriría de una puñetera vez? Todo el mundo sería más feliz: papá, Lurdes, la malnacida de Encarnació y, sobre todo, yo mismo.

–¿De pequeño nunca te preguntaban qué querías ser de mayor? –me preguntó Lurdes al día siguiente de que empezara la mala puta de Encarnació–. Venga, Joel, contéstame. Enfadándote conmigo o con tu padre no solucionarás nada. Cuando seas independiente tendrás que ganarte la vida. La EGB es obligatoria y la exigen en cualquier trabajo. Y luego, si no quieres estudiar, tienes que pensar qué quieres hacer. ¿Lo tienes pensado?

–A mí me operarán, ¿sabes? Y seguramente me moriré. Ésta es la realidad, y el resto son tonterías tuyas y de papá.

–Yo también me moriré. Y todo quisque. Pero ahora estoy viva y me gusta depender de mí misma. Tengo una teoría, ¿sabes? No es la más original de las teorías, pero yo creo firmemente en ella: todos tenemos que ser capaces de ser independientes. Un hombre debe saber coser un botón y guisar, y la mujer debe saber cambiar una rueda y ganarse la vida. Si no es así, somos unos parásitos: dependemos de los demás. Conozco chicos que pasan de saber planchar. Necesitan una mujercita que se lo haga. Y conozco chicas, muy modernas ellas, que dicen que menuda paliza eso de trabajar, que se vive mejor con un marido que gane mucha pasta. A mí me dan tanta pena ellas como ellos. Porque si consiguen lo que quieren, aún, pero cuando las cosas se tuercen empiezan a lamentarse y a pedir favores a los demás. Un chico que no sepa cocinar ¿podrá independizarse, montar su propio piso? ¿Viajar? Una chica que no sepa trabajar en nada, ¿puede dar puerta a un marido insoportable? No: acaba neura de aguantar a un tío al que detesta. Y todo el mundo igual. Incluso los minusválidos. ¿Y tú, Joel? ¿Qué quieres ser el día de mañana?

Rompí en sollozos. A todas las demás vergüenzas, ahora se unía ésta.

–¡No sé nada de nada, Lurdes! ¡Hago unas faltas horribles, no tengo ni idea de ninguna asignatura! Las cosas que he ido aprobando, o copiaba o tenía suerte, o había estudiado deprisa y corriendo y al día siguiente ya se me habían borrado de la cabeza. ¡Soy un desastre! ¡El rey de los desastres!

No dijo nada. Al día siguiente traía una libreta preciosa, con tapas de cartón plastificadas.

–Mira, aquí podemos hacer tu plan de vida. Un horario. Cuando el trabajo es tan desbordante que crees que nunca podrás acabarlo, se tiene que parcelar. Lo divides en trozos, y entonces resulta que cada trozo no es nada. Si lo miras en conjunto, te hundes; pero si sólo miras lo que tienes que hacer la próxima media hora, no da pereza. Venga, te ayudo.

Dividimos las horas de la mañana y de la noche, las que no dedicaba ni al inglés, ni al dibujo, en partes. Era complicado hacer sitio para todo y que una cosa no entorpeciera la otra.

–Lo mejor –decía ella– es combinar las cosas más desagradables con las más agradables. Si de once a once y media, por ejemplo, hemos puesto las mates, de once y media a doce toca... ¿Qué es lo que más te gusta?

–No me gusta nada.

–Entonces, ¿qué es lo que menos te disgusta?

–Nada... Bueno, quizá las Naturales.

–¿Sabes qué se me ha ocurrido? Tengo unos amigos que viven cerca de Barcelona. Tienen piscina. Si se lo pido, podríamos ir un domingo. No creo que represente demasiado esfuerzo, si no haces locuras. ¿Te gustaría?

En aquel momento hacía un calor horrible y tenía las sábanas tan sudadas que podían escurrirse.

–¿Iríamos los tres?

–Pues claro. Además, nos conviene a todos. ¡En este piso hace tanto calor! Tu padre, el pobre, no puede con tantos gastos. Me he ofrecido para dejarle dinero y que ponga aire acondicionado, pero dice que ya está demasiado endeudado y que no quiere complicarse más la vida.

–¿Papá está endeudado?

–¡Ay, Joel, no sabes los gastos que ha tenido y que tiene contigo!

Lo dijo lisa y llanamente, sin pensar en molestarme ni para que me remordiera la conciencia. Y luego añadió algo que me ha dado mucho que pensar:

–Hay una cita de Joan Fuster que me encanta: «Un hijo es mayor de edad cuando empieza a sentir compasión por sus padres. Digan lo que digan las leyes».

El doctor Delgado me hizo la última visita del verano, porque se marchaba de vacaciones y en agosto tendría que atenderme un suplente. Por eso la visita era tan importante. Me internaron casi tres días para hacerme un montón de pruebas. Papá se quedó a dormir incluso, y se le notaba angustiado, porque se trataba de un veredicto decisivo, o casi, ya que la primera fase del tratamiento había concluido. El dolor físico ya no me asustaba tanto como al principio, y seguía la táctica que me sugirió Lurdes para repartir el trabajo: dividía mentalmente el dolor en fragmentos, y así se convertía en una suma de pequeños dolores insignificantes. Además, el doctor Delgado tiene una magia especial: te habla de manera que todo lo ves más fácil y tienes las esperanzas tan cercanas y tan claras como si fuesen realidad.

La enfermera también se llama Esther, como «mi» Esther, pero es un adefesio. Eso sí, me trata a cuerpo de rey y sabe torturarme con pinchazos con una mano de ángel. Yo le dije que se quedara conmigo, que no se fuera de vacaciones, que la quería a ella. Y me tomó verdadero afecto. Ya ves:

cuatro palabras amables y se te abren todas las puertas. Se ve que todos arrastramos una carencia de afecto tan grande que cuando alguien te da una migaja, te alimenta el espíritu.

Cuando todo hubo acabado, el doctor Delgado quiso hablar con papá estando yo delante. ¡Bravo por el doctor Delgado! También vino Lurdes, que de pronto le cogió la mano a papá delante del médico; como si estuviera tan preocupada como él. No sé si es que me aprecia a mí, a mí como persona, o que quiere tanto a papá que su angustia era por verlo sufrir a él, no a mí.

En resumen: el tratamiento había ido de narices y estaba mucho, muchísimo mejor. Tanto, que había que reconsiderar la necesidad de operar. Y entonces dijo:

–Hay que seguir con el reposo absoluto. ¿Habíamos dicho un año? Si las cosas siguen así, tendrán que ser dos años.

Me hundí.

De camino a casa, Lurdes, que había adivinado lo que yo sentía, mientras papá conducía exultante como si le hubieran dado un premio, me dijo:

–Habíamos hecho tantos planes para tu permanencia en cama que era imposible llevarlos a cabo todos. Ahora disponemos de más tiempo, ¿eh, Joel? Porque si empezabas a llevar vida normal, adiós al dibujo y adiós al inglés. Y en clase tendrías que ir con críos de doce años...

«¡Gracias, tía! –le dije mentalmente–, pero estoy tan cansado de estar enfermo...»

La salida a casa de los amigos de Lurdes para bañarnos en su piscina no fue autorizada. En compensación, el doctor Delgado dijo que podía continuar los estudios siempre y cuando no me cansara.

Que obligarme a estudiar podía ser perjudicial.

–¿Ves, Joel? –me dijo con aquella gracia que tiene cuando habla–, si tú te diviertes dibujando, tu cuerpo no se cansa tanto. El cuerpo humano es un misterio... Mira, tú coges a una persona que está aprendiendo a conducir y que lo hace con tensión, y su corazón funciona como si hubiese echado una carrera loca.

En cambio se mostró descontento de mi alimentación y le dio a papá una lista con la dieta que me convenía: una combinación equilibrada de proteínas, hidratos de carbono, vitaminas y cosas así... No es que papá no me diera bien de comer: es que yo nunca tengo hambre y lo dejo casi todo siempre. Estaba más claro que el agua que necesitaba acumular fuerzas, por tanto tenía que comer más. Si no en cantidad, sí en calidad, por decirlo así. Yo debía esforzarme y él, el doctor Delgado, me recetó una cosa que dijo que me daría un hambre de lobo.

–No querrás que te alimentemos a la fuerza, con suero, ¿verdad? Imagínatelo: todo el día con una aguja clavada...

Y se echó a reír, porque sabía el miedo que me daban las agujas.

En casa, los tres hemos analizado la situación. Papá, aliviado al saber que yo evolucionaba bien; yo, hecho una mierda, y Lurdes, en medio, procurando que papá no se pasara con su alegría ni yo con mi depresión.

Después de una noche sin casi pegar ojo de tanto darle vueltas a todo, le hice toda una declaración de principios a papá:

–Sé que no tengo que abusar de mis fuerzas y que he de estar en cama. Pero lo peor de todo no es la enfermedad, ni si habrá operación o no. Lo peor es el aburrimiento. Quiero seguir con los planes que habíamos hecho Lurdes y yo. Quiero sacarme el curso. Pero me gustaría dejar dos asignaturas para septiembre, porque todo es demasiado para mí. Y renuncio a un plan del que no te había dicho nada: además del dibujo y del inglés, quería aprender guitarra. Si saco el curso, lo volveré a pensar.

Como estaba a punto de emocionarse y abrazarme, me precipité a añadir:

–Y nada de «¡Hijo mío, hijo mío!». ¡Estoy de tus mimos hasta el gorro! –A un padre no se le puede decir «hasta los huevos», ¿no?

Asintió y ni me tocó; pero salió de mi habitación más contento que unas pascuas.

En efecto: en el colegio aceptaron que dejara dos asignaturas para septiembre. Escogí las dos lenguas, castellano y catalán. «¡Qué verano me espera el año que viene!», pensé. ¡Todo un verano estudiando lengua! Bueno, de momento me las había quitado de encima, y eso ya era un descanso.

Y durante todo agosto soporté a Encarnació, la tía más mala pécora y más estúpida que hay sobre la tierra.

Cuando supo lo de las lenguas, la muy imbécil soltó:

–Tendrías que haberte dejado el catalán. El castellano es muy importante y no basta con dedicarle un par de meses.

–¿Se puede saber por qué dice que el castellano es importante y el catalán no?

–Mira, yo no tengo nada en contra del catalán, al contrario: soy catalana hasta la médula. Pero, mira, si haces faltas en catalán no tiene importancia. Tiene, pero todo el mundo las hace. Pero las faltas garrafales en castellano revelan analfabetismo, ignorancia, incultura. Creo que está muy bien que tengáis el catalán como asignatura, y creo que debemos conservar la lengua. Yo no digo nada a eso. ¡Pero a ver si es lo mismo dejarse una ele geminada que escribir *uña* con hache o *volar* con be!...

Protesté, claro. Y ella iba negando con la cabeza y decía que el castellano era una lengua internacional y el catalán, una cosa entre nosotros.

–¿Y el danés, qué?

–Pues lo mismo: todos los niños daneses saben inglés, porque con el danés no se puede ir por el mundo. Desengáñate, Joel: el castellano es internacional y el catalán, no.

–¡Internacional! ¡Para viajar al Tercer Mundo, será! ¡En Europa no hace ninguna falta! Lo único que cuenta es el inglés.

Pero ella era más culta que yo. Yo no sé nada de nada. Puedo opinar, claro, porque vivimos en un país libre, ¿no?, pero los argumentos los tenía ella y no yo. Me explicó que sin el Imperio Romano, Europa no sería en absoluto lo que es. Y que la cultura romana vino de la mano del latín, y que los romanos imponían su lengua allí donde iban, y gracias a eso éste era el continente más culto y refinado, y puso un montón de ejemplos.

–Pues ya ves –salté–, cada cual se lió a hablar latín como Dios le dio a entender, y ahora tenemos todas las lenguas románicas. ¡Y eso no pudieron impedirlo los romanos!

–Sí, es cierto. ¿Y sabes quiénes fueron distorsionando el latín hasta convertirlo en francés o en español? ¡Los analfabetos, los que no tenían cultura para hablar bien latín! ¡La chusma!

La dejé por imposible.

Hay muchas cosas en las que creo, pero que no sé defender.

VI

Durante todo agosto estudié de lo lindo. Y sin cansarme. A la vista estaba que me encontraba mejor. Encarnació era una mala pécora, es cierto, pero consiguió rellenar todas las lagunas que arrastraba desde... Ni yo mismo lo sé: desde que nací; desde que empecé a estudiar. No lo sé. Explicaba muy bien, con conceptos comprensibles. Me hizo repasar cálculo elemental y lo fui entendiendo casi sin esfuerzo. Evitaba, eso sí, discutir con ella nada que no fuera tema de estudio, porque sus opiniones y creencias me sacaban de quicio. Da escalofríos imaginar a una persona así, con poder...

Las asignaturas de letras las repasaba por mi cuenta y Lurdes me echaba una mano los domingos por la tarde. Yo no quería, porque ella y papá tenían poco tiempo para estar juntos; pero algo tan bestia y tan inútil como la historia, por ejemplo, con ella era como contar cuentos, y sabía –o se las inventaba, no estoy seguro– un montón de anécdotas que nos hacían partirnos de risa. Y papá, que, la verdad sea dicha, no es ninguna lumbrera, nos traía bebidas, o el ventilador, o unos bocadillos, para sentirse útil. Lurdes decía que le iba de narices estudiar conmigo, porque lo había olvidado todo y así refrescaba la memoria.

–La memoria es como una cajita, ¿sabes? Vas

metiendo cosas y se amontonan unas sobre otras. Si lo tienes todo en orden, cuando necesitas una de las cosas guardadas la encuentras en seguida; si no, dices lo de «lo sé, pero no me sale; lo tengo en la punta de la lengua», y si revuelves bien en la caja acabas encontrándolo. Eso sí, cuando has acumulado demasiadas cosas durante mucho tiempo, sin utilizarlas, quedan tan enterradas que ya no sabes que las guardas. Pero si intentas volver a meterlas en la caja, la memoria salta y te dice: «¡Eh, tía, que eso ya lo tengo!», y lo saca a relucir. Yo quería estudiar. Quería hacer Bellas Artes. Y ahora, ya ves. Todo para poder irme de casa, para independizarme. Mi madre es una mujer posesiva, celosa, insufrible. No es que yo no la quiera, eso no. Pero no me gusta su manera de ser. Suerte que vive en Lleida y nunca baja a Barcelona.

–¿No tienes padre?

–Murió cuando yo era muy pequeña. Ni siquiera lo recuerdo. A veces lo añoro. ¿Puede añorarse a alguien a quien no has conocido? No lo sé, pero lo añoro. ¡Si vieras cómo se puso mi madre cuando me divorcié! Ella es muy tradicional, muy a la antigua. Cuando conocí a Ricardo, como tenía dinero y su familia estaba bien situada, se puso contentísima. Eh, eso no significa que me casara por culpa de ella: me basté yo solita para meter la pata. Y fue un desastre desde el principio. Pero mamá no quería entender eso. Y ahora nos tratamos como dos desconocidas. De hecho siento remordimientos por ir a verla tan poco. Pero es que no la aguanto. Es una mujer muy falsa. Los padres no se escogen...

Lurdes tiene que haber estado muy sola toda la vida...

Me encantaba que Lurdes me hiciera confidencias. Me preguntaba si después se lo explicaba a papá. Pero pronto comprobé que no, que eran cosas que le apetecía hablar conmigo. Me trataba como a un igual, no como a una criatura. Porque papá, en esto, será siempre igual. ¡No entiende que ya tengo catorce años y medio! A los quince todo el mundo sale con tías, así que ya ves...

Comprobé que las cosas que me decía Lurdes eran entre ella y yo un día que, como si no fuera con él la cosa, papá me dijo si me importaría dejarle dinero. Tengo una libreta donde ingreso lo que va cayendo por mi santo o mi cumpleaños. La tía Olga y el tío Ramón –ella es hermana de mamá– siempre que me ven me dan algún billete. Me da rabia, pero lo cojo. En parte por no desairarlos, en parte porque siempre vienen bien. Pero desde que guardo cama en la libreta sólo hay ingresos. Cuando papá me pidió dinero tenía ahorradas veintisiete mil pesetas. Si sigo así, me compro el ordenador...

–Es que tengo que pagar una cosa en efectivo. Pero te lo devuelvo mañana mismo. No quería sacarlo sin decirte nada. Después te hubiera extrañado encontrar un reintegro y un ingreso. Eres tan tuyo con tus cosas...

Necesitaba catorce mil y le dije que sí en seguida. Y me vino a la mente lo que me había explicado Lurdes sobre un exceso de gastos debido a mi enfermedad. Y me di cuenta de que él no sabía que Lurdes me lo había comentado.

–Pero no me las devuelvas. ¿No ves que yo no puedo gastármelas?

–No, Joel, no, que es dinero tuyo.

–Bueno, sí, pero la mayoría me lo has dado tú.

Va, no seas burro, que yo no lo necesito. Cógelo todo, hombre. De verdad.

–¡Ostras, Joel, sí que estás generoso!

–Has tenido muchos gastos conmigo, ¿verdad?

Guardó silencio. Me explicó que en la empresa no subían los sueldos ni que los matasen, y si protestabas te salían con que había cola para ocupar tu puesto por la mitad de lo que tú cobrabas. Y que mamá sabía administrar y él no. Que lo de que Paca viniera todos los días costaba mucho. Y que gastábamos un dineral en alimentación.

–Soy un desastre. Tu madre sabía hacer milagros.

–Y el doctor Delgado es un médico privado, y las últimas pruebas te han costado una fortuna. Y no paras de comprarme cosas.

Volvió a guardar silencio. Que yo «descubriera» que estaba más pelado que una rata lo dejaba derrotado. ¡Menuda gracia de reventarse a trabajar para gastar todo lo que ganas en un hijo enfermo!

Consagrar el mes de agosto al estudio significó, inevitablemente, y a pesar del horario que habíamos confeccionado Lurdes y yo, que el dibujo y el inglés se resintieron. No me importaba demasiado, porque en dibujo he progresado tanto que estoy pensando en dedicarme. Si no al dibujo artístico, que no es ningún oficio, tal como están las cosas, a algo relacionado con ello. Diseño gráfico, por ejemplo. Fíjate en Mariscal, la de pasta que gana con cuatro garabatos... En cuanto al inglés, a esas alturas sabía lo bastante para no tener que preocuparme durante el resto de la EGB y quién sabe si parte del BUP y todo. Porque yo todavía sigo el plan antiguo, aunque en el colegio me dijeron que podía cambiar y que el plan nuevo era más fácil.

En cambio, en septiembre me pasó una cosa muy rara. Cuando lo pienso ahora no puedo creer que fuera tan burro. Pero así fue. No sé de qué pasta estamos hechas las personas, pero hay una parte de nosotros que actúa por su cuenta. Por mucho que te digas: «Por ahí no paso», te encuentras un día haciendo aquello que dijiste que no querías hacer. Algo así ocurre con las drogas: todo el que se engancha dice que cuando quiere lo deja y resulta que su cuerpo ha ido habituándose, y se han desencadenado una serie de reacciones químicas y de dependencias psíquicas en él que le hacen perder el control. Mi caso no tiene nada que ver con las drogas, pero se parece bastante.

Lo único que me sabía mal de los estudios era que me ocupaban tanto tiempo que no podía seguir leyendo *El hombre que ríe*. Sólo me faltaba el tercer volumen, pero era verdaderamente fantástico. ¡La de noches que me había dormido pensando que yo estaba en el bosque con él! Imagínate: él podía, contrayendo los músculos, hacer rebotar las balas, y explicas esto y todo el mundo se parte de risa. En cambio, tenía también la cualidad de entender el lenguaje de los animales, y explicas esto y, aunque sea una novela, todo el mundo lo ve bien. ¡Como si no fuera tan imposible una cosa como la otra! En mis ensoñaciones, yo era de su banda, y él y yo salíamos siempre airosos. A veces yo mismo era el hombre que ríe... En fin, fantasías que no hacen daño a nadie y que yo, cuando llevaba una vida normal, tenía a menudo, cuando veía una buena película: identificarme totalmente con el personaje y vivir las mismas peripecias. No creo que esto sea ninguna niñería, porque, según he leído, esta identificación la experimentan todos, adultos y no adultos.

Bueno, pues me sabía tan mal no seguir leyendo que me tomaba pequeños descansos en los deberes para leer un capítulo. Como notaba que los descansos eran cada vez más frecuentes y que, cuando me daba cuenta, ya había consumido una hora larga, me dije: «Tío, Joel, no hagas el burro. Ahora no puedes hacer el vago, si no, todo el esfuerzo que has hecho hasta ahora será energía desperdiciada». Pero, claro, un descansito de vez en cuando lo necesitaba...

Una tarde que estaba de mates hasta las pelotas, me dije: «Haz un descansito, pero sin leer, que luego abusas». Y cogí lo primero que tenía a mano: una máquina de marcianitos que papá me había regalado al principio de mi enfermedad y que tenía olvidada en un rincón. Era un juego estúpido: una especie de canasta de baloncesto y unas pelotas que rebotaban de pronto y que tú, rápidamente, tenías que coger y encestar. A medida que el juego avanzaba, había más pelotas y más veloces, hasta que era imposible atraparlas todas. Había tres niveles de dificultad: A, B y C. Empecé aquella tarde una partida del nivel A y, para mi sorpresa, conseguí cien puntos, la puntuación máxima. Repetí y no llegué tan lejos. Pero al cabo de unas cuantas partidas, el nivel A me resultaba fácil. Pasé al nivel B, que me duró un montón de días, y luego empecé a intentar una y otra vez el nivel C.

No sé cómo fue la cosa, porque era, como digo, un juego de lo más idiota, siempre igual y sin ninguna emoción especial. Pero aquella tendencia mía a las fantasías me traicionó. Empecé a imaginar que era una competición entre diversos campeones –siempre éramos tres: dos imaginarios y yo, que tenía que ganar, claro–, e incluso oía la voz de un locutor siguiendo el juego, como si transmitiera un partido de fútbol. Aquellas partidas me absorbieron de tal manera que dedicaba a ellas ya no tardes enteras, sino incluso noches, que pasaba en blanco echando partidas y más partidas, como una obsesión. ¡Y era una completa chorrada, pero no podía evitarlo!

Cuando Encarnació armó un buen revuelo al comprobar que en toda una semana no había dado golpe, me di cuenta de lo que ocurría: a lo mío lo llaman ludopatía. Y es una enfermedad. Me asusté tanto que me tembló todo el cuerpo al repetir mentalmente aquella espantosa palabra: «¡Ludopatía!». Era evidente que necesitaba ayuda.

–Quiero hablar con Lurdes, papá. A solas –le dije cuando me preguntó qué puñetas me pasaba y por qué de repente mi rendimiento había bajado tanto. No estaba enfadado: estaba triste, porque él sabía que la salud no era la causa, ya que mi proceso continuaba estable.

Se lo expliqué a Lurdes con absoluta franqueza, tal como lo he escrito aquí. Ella no se burló, ni se asustó tampoco. Estaba seria y tenía aquella mirada dulce y amable que tiene cuando le interesa mucho lo que le cuentas.

–No, Joel, eso no es ludopatía. Y no es tan grave como crees. Podría llegar a serlo, pero no lo es, estoy segura. Te has montado una especie de ritual mental y no sabes cómo escapar de él. Y creo que en tu caso, con tantas horas como pasas en cama, no es raro que te montes un teatro imaginario. Todos actuamos a veces de manera compulsiva.

Pero que tú te hayas dado cuenta es importantísimo. Me acuerdo de una vez que a mí me pasó algo parecido, ya hace una pila de años. Estaba loca por una canción que se titulaba *Suzanne*, de Leonard Cohen. –Y se puso a tararear–: *And you want to travel with her, you want to travel blind, and you know that she can trust you for you've touched her perfect body with your mind.* ¿Sabes que no podía parar de escucharla? ¡Era como una obsesión! Centenares de veces, a todas horas. Mamá decía que estaba loca y que la estaba volviendo loca a ella. Y un buen día cogí la cinta y la hice pedazos. Con la de tiempo que ha pasado y aún oigo *Suzanne* en sueños... Mira, tienes que deshacerte de la maquinita de marras. Y en seguida. Tienes que olvidarla. Tienes que imaginar que no existe.

–Quédatela tú. Y no me la des por más que te lo pida.

–No: tienes que tirarla a la basura. Tú mismo u otra persona. O, mejor aún, dársela a alguien a quien no puedas pedírsela. Algún extraño. Que sepas que está fuera de tu alcance. Y en un par de días ya ni te acordarás. Di: ¿a quién no te atreverías a reclamársela?

–No sé... A Esther, quizá.

Lurdes estaba al corriente de quién era Esther.

–¡Pero no puedes ir a buscarla para que yo le dé la maldita máquina, Lurdes!

–Yo no: la llamarás tú. La invitas a merendar. Ya ha venido una vez a verte, ¿no? La excusa es que quieres que ella te diga... ¿Qué curso está haciendo ella ahora?

–¡Primero de BUP!

–Pues eso: has reanudado los estudios y no sabes qué asignaturas escoger.

–¡Eso huele a excusa a la legua!

–¿Y qué? Se imaginará que tienes ganas de verla y se sentirá halagada.

Cuando la telefoneé, me sudaban las manos y no sabía qué decir. Mi voz sonó tan rara que ella no me reconoció hasta que le dije quién era.

Lurdes tenía razón: se alegró de oírme y me dijo que tenía la voz muy rara, que si estaba resfriado. Y que aceptaba venir, pero que tenía que ser el sábado, y sólo un ratito, porque tenía un montón de cosas que hacer.

Cuando se lo dije a Lurdes se pegó un hartón de reír y me dijo una cosa que me hizo enrojecer como un pimiento:

–¡Pues claro que no te ha reconocido, Joel! ¿Es que no te has dado cuenta de que ya has cambiado la voz?

Cuando el sábado vino Esther, la acompañaba otra tía. No sé cómo se lo montan las tías guapas, que siempre tienen una amiga más fea que ellas. Supongo que lo hacen para que no les hagan sombra. Claro que yo, si eran muy amigas o poco, no lo sé. Imagino que lo serían, porque hay que tener confianza para decirle a alguien: «Oye, acompáñame a visitar a un enfermo que está colado por mí».

Esther estaba tan guapa que mareaba mirarla.

Su amiga se llamaba Marta.

Eran compañeras de instituto. O tenían que serlo al cabo de escasas semanas, cuando empezara el curso.

Esther iba un poco maquillada y con la melena recogida hacia atrás, pero cayendo sobre la espalda, y con dos enormes pendientes, formados por dos trapecios cruzados que tintineaban cada vez que movía la cabeza. Llevaba pantalones y una camiseta ceñidísima al cuerpo. Tenía una delantera enorme y cintura de avispa. Y no paraba de reír.

Marta era tan alta como ella, pero de tez muy pálida, y a duras penas abrió la boca. También era rubia, pero llevaba el pelo corto. Estaba delgada como un fideo y había algo triste en su mirada que inspiraba respeto.

Yo no sabía cómo arreglármelas para regalarle la maquinita de marcianos, a pesar de haber estado ensayando algunas excusas que ahora, con ella delante, me parecían una mierda.

Esther empezó a explicar el viaje que habían hecho los de su curso a Praga y lo mucho que se habían divertido.

–Lluís, ¿sabes quién quiero decir?, aquel que siempre se sentaba en primera fila... Sí, hombre, uno que saca muy buenas notas... Pues se emborrachó, y la de Naturales le pegó dos hostias para volverlo en sí, fíjate si es bestia. ¿Y sabes Conchi, aquella castellana, la que está llena de granos? Pues se ligó a un checo, un estudiante de música. ¡Si la hubieses oído hablando inglés!

Y así iba charloteando como una cotorra, y ni Marta ni yo podíamos meter baza en aquel torrente de palabras. Me habían traído unos caramelos que, por cierto, estaban buenísimos, y en el momento en que ella calló para beberse la Coca-Cola que nos había traído papá, dije, antes de que pudiera volver a abrir la boca:

–Querría corresponder a los caramelos... Mira, ¿por qué no os quedáis con este juego? No es nuevo, pero es muy entretenido.

–¡No, hombre, no hace falta!

–¡Que sí, cógelo, mujer! Yo ya estoy harto de jugar.

Se lo metió en el bolso y siguió hablando del viaje a Praga, de los tíos que iban de culo por ella, de los que le gustaban a ella, de la fiesta de final de curso, de otra a la que había ido con su primo y donde había estado bailando sin parar hasta las dos de la madrugada, del ambiente de Palamós, donde había pasado el mes de agosto, y mirando ahora a Marta, ahora a mí, de un vestido que quería comprarse a toda costa.

Me di cuenta de que Esther había dejado de interesarme. Era guapa. Y tonta. Y que conste que no soy de los que opinan que las guapas son tontas y las feas, inteligentes, porque esto es una chorrada. Ni soy de los que dicen que si una tía está buena, cuanto más corta, mejor. Me gustan las tías buenas, claro, pero yo creo que una parte fundamental de una relación es compartir cosas, poder mantener conversaciones sobre cómo somos y qué queremos de la vida, e intentar comprender al otro.

–¿Y qué te pareció la gente?

–¿Qué gente?

–La de Praga.

–¿La gente? ¡Yo qué sé!

–Dicen que hay mucha crisis. Y que el nivel de prostitución se ha multiplicado por diez en un par de años... ¿Fuiste a la Galería Nacional? Hay un Durero que es demasiado. Y algunos de los mejores Picasso. –Yo no estaba seguro de todo esto, pero lo decía para ver si había visitado algún museo.

Se puso nerviosa y cambió de conversación: había visto una ciudad cualquiera que mira por dónde se llama Praga. No sabía nada de su situación política ni se había fijado en nada. Por lo que a ella respecta, el caso era estar unos días haciendo gansadas en cualquier lugar lejos de casa y hacerse muchos fotos en todo tipo de posturas. ¡Menuda imbécil! Como yo había estado mirando con Lurdes docenas de libros de arte, estaba familiarizado con algunos pintores y la provoqué sin piedad, hasta que se hartó y exclamó:

–¡Oye, tú, que era un viaje de diversión, no de estudios!

Valiente cretina.

Y entonces empezó a explicar que Sandra, que había sido su amiga de siempre, ahora ya no le hablaba.

–¿Por qué? –pregunté de mala gana.

–¡Y yo qué sé! Un día que yo estaba muy mal, pero que muy mal, con una depre horrible, la llamo y le digo que necesito hablar con ella. Y va y me sale con que no puede. Y eso que le dije que la *necesitaba.* Ya ves, y se decía amiga mía...

–Los amigos no son muletas, Esther... –le dije con suavidad.

Se sobresaltó y de repente dijo que no podía quedarse ni un minuto más, que se le había hecho completamente tarde. ¿«Completamente tarde»? Yo de Lengua estoy pez, pero o se hace tarde o muy tarde o un poco tarde, pero «completamente tarde» no creo que encaje.

Ya en la puerta me dijo que me mejorara y me lanzó una mirada llena de dureza.

«Muy bien, tía –pensé–. ¡Que te zurzan! Aunque no lo sepas, has hecho algo útil en tu vida: quedarte con mi máquina. Y antes muerto que pedírtela...»

Cuando me quedé a solas reflexioné sobre las

tías y sobre mí mismo. Tal vez sea el estar aislado de todo lo que me ha cambiado; quizá he dedicado más horas a pensar para matar el aburrimiento. Tal vez las pocas cosas que he leído me han aprovechado más que si llevara una vida normal. O quizá ha sido Lurdes quien me ha demostrado que con una tía pueden mantenerse conversaciones inteligentes. A lo mejor a todos nos convendría estar un tiempo enfermos y no dejarnos arrastar por la vulgaridad del entorno que, eso sí, creamos entre todos. Pero yo no puedo decir: el ambiente que me rodea es malo y yo soy cojonudo, porque yo también formo parte de ese ambiente. Es como si, cuando estamos juntos, todos quisiéramos ser más bestias que los demás.

Por ejemplo, yo siempre había sido un tío muy sociable, con un montón de colegas. De los más enrollados, vaya. Y en cuanto caí enfermo, las amistades se esfumaron. A veces pensaba que era yo quien empujaba a los demás a llevar a cabo las ideas que yo proponía, todas muy bestias. ¿Qué queda de todo eso? ¿Dónde están esos amigos del alma? Y yo ¿qué sentía por ellos, qué recordaba? Nada de nada. No los echaba de menos ni me importaban un rábano. Eran puros reflejos de mí mismo, o de la persona que pretendía ser. Fantasmas imaginarios. Uno por uno quizá fueran tíos sensibles incluso, pero así, en pandilla, eran unos cretinos que sólo hablaban de estupideces sin pies ni cabeza.

Eché de menos la maquinita durante toda una semana, pero, como había dicho Lurdes, no era una verdadera dependencia. Así es como acabó mi ludopatía. No obstante, cogí tanto miedo a engancharme a lo que fuera, que me andaba con tiento para que las cosas que me entretenían, por inocentes que fueran, no me sorbieran los sesos.

–La excepción son los libros –me dijo Lurdes–. Aquí sí que puedes engancharte sin miedo.

–Un día papá me dijo que los libros son como una droga...

–Pero en el buen sentido. ¡Cuidado! No todos, porque por el hecho de ser libros no tienen por qué ser buenos. Hay mucho petardo publicado. Pero, en definitiva, la afición a la lectura en general nos ensancha las miras, la manera de ver nuestra propia vida; aunque el libro hable de otra época o de otro país.

–Oye, Lurdes, ¿por qué eres peluquera? Tú sabes muchas cosas. Podrías haber sido, qué se yo, maestra, o pintora, o algo así.

–Por mi mala cabeza. Mira, de pequeña tenía buenas manos para peinar. Me fijaba en cómo lo hacían en la peluquería y luego podía hacer casi cualquier peinado a mi familia. Me casé muy jovencita, sin tener ningún oficio, y ahora, con el divorcio, hice balance y me dije: «Lurdes, majadera, idiota, eres una inútil. Has leído mucho, te entusiasma el dibujo, pero todo eso no te sirve para nada». Por eso pensé en una peluquería: contratar a una buena oficiala y echar adelante. Estaba hecha polvo, ¿sabes? A mí, el divorcio me afectó muchísimo. Estaba hundida. Por eso cuando me explicaste lo de tu dependencia de aquel juego, pensé que hace cuatro días me compré una caravana como si me fuera la vida en ello. Era un acto compulsivo. Una especie de venganza contra mi ex, que nunca había querido la caravana. Y, al venderla, la verdad, me he quitado un peso de encima.

De repente se quedó muy seria. Como si estuviese preguntándose hasta qué punto quería ella aquella caravana que había sacrificado por mi padre. Yo creo que, en lo más profundo de ella, viajar con caravana siempre sería su anhelo secreto.

VII

El primer trimestre del curso fue la mejor época de mi enfermedad: ¡me encontraba tan bien! Le propuse al doctor Delgado que me dejara hacer vida seminormal, pero se negó.

–No hay que menospreciar el peligro, Joel. El cuerpo tiene momentos de euforia que engañan. Continúas sufriendo estenosis de válvula mitral y, encima, tienes insuficiencia aórtica. Estoy muy contento de los resultados del tratamiento; y la prueba es que hace meses que no has cogido ninguna infección y tienes muy buen aspecto. Pero el peligro sigue ahí.

Había crecido tanto que le pasaba casi toda la cabeza a papá y estaba delgado, pero no esquelético. Lo que más me preocupaba era tener un color tan cadavérico y aquel aspecto enfermizo.

El doctor Delgado autorizó que tomara el sol, en casa y tumbado. Y no más de media hora al día.

–El estado anímico del paciente también es importante. –Y sonrió como si estuviera haciendo gala de una gran magnificencia.

En casa hay una terraza que es de toda la comunidad de vecinos, pero que sólo usan los vecinos del ático. Pero papá ya era especialista en tener un hijo enfermo y conseguir todo lo que yo quisiera. Les dijo que los baños de sol eran prescripción facultativa y no una concesión a mi buen «estado anímico», y los vecinos abrieron unos ojos como platos y accedieron de inmediato. Papá subió una tumbona de playa y me compró una crema protectora de factor doce.

–Hace tanto que no tomas el sol, que debes de tener la piel muy sensible...

El aire de Barcelona, sucio de contaminación, no es el mejor del mundo para broncearse, pero mi media hora diaria hizo milagros. Los vecinos me abrían la puerta, me ofrecían bebidas frescas, me quitaban el gato de encima –un gato precioso, con una de las caras más inteligentes que he visto nunca–, me avisaban si me distraía al acabar la media hora –«No por nosotros, ¿eh? Por nosotros puedes estar todo el día, pero tu padre dice que tiene que ser media hora»– y llegaron a hacerse bastante amigos de papá, de Lurdes y míos, y eso que eran gente de más dinero que nosotros y bastante engreídos.

Ahora, cuando me miraba en el espejo, ya no me daba asco a mí mismo. Para mi gusto, tenía la cabeza demasiado grande en relación con el cuerpo, y la falta de musculatura era deprimente; pero, en cambio, no sé qué había pasado con mi remolino de pelo, ahora llevaba un peinado bastante decente. Y el colorcillo que cogí, no es por nada, pero me favorecía un montón.

Lurdes no paraba de decir que era un tío muy apuesto.

–Si no estuvieras tú por medio, Víctor, le tiraría los tejos al sinvergüenza de tu hijo.

–Si me hubieses conocido a mí a su edad... ¡Todas estaban locas por mí!

Papá se alegraba de que Lurdes me encontrara

guapo. Es curioso, ¿verdad? Los padres son así: si eres inteligente o atlético o lo que sea, se lo toman como un halago personal. A mí, en cambio, que él tuviera mejor o peor aspecto, me la traía floja. Y eso que ahora él también tenía buena pinta, y jugar al tenis le iba de narices. Ya no estaba fofo. Pero se estaba quedando calvo. Eso lo mortificaba tanto que no podíamos gastarle bromas. Un día que yo me burlé, Lurdes me hizo callar:

–¡Para el carro, Joel! ¿No sabes que es algo hereditario? Poca coña, que ya te tocará.

¡Hostia, qué putada!

Además, aquel trimestre estudié tanto que recuperé el atroz retraso que llevaba. Y los exámenes de la primera evaluación me fueron como una seda. Tanto, que propuse al colegio que me dejaran examinarme de las lenguas en junio.

Los exámenes no los hice en casa, como estaba previsto, porque esta vez el doctor Delgado cedió. Me hicieron pruebas especiales, tres por día, para no hacerme salir tantas veces. Tenía derecho a ser examinado en casa si mi salud lo requería, pero no hizo falta.

Papá había tenido razón desde el principio: los profes se comportaron. Incluso la Vinyoles, la de Sociales, que no podía verme cuando era estudiante normal –y un gamberro, todo hay que decirlo– estuvo muy afectuosa y me trató con ternura y todo. Ser profe tiene que ser una mandanga. Yo no aguantaría a un tío como yo. O como aquel yo que había sido antes.

Saqué buenas notas y papá quiso celebrarlo. Quería invitar a Encarnació y todo.

Eso sí que no.

–Ha sido una buena profesora, lo reconozco.

Pero el mérito es mío. Y es una bruja, con unas ideas que le estamparía los morros contra la mesa.

–¡Joel!

–Es la pura verdad. ¿Sabes qué me dijo la semana pasada? Yo me lamentaba de las atrocidades de los serbios, y ella me dice que sí, que de acuerdo, pero que tener que aguantar a los musulmanes es demasiado. Que nuestra historia ya dice lo que nosotros hicimos cuando tuvimos moros en casa, y que eso hay que entenderlo, en vez de ver las cosas de lejos.

–Cada cual es libre de tener las ideas que quiera...

–Conforme, papá, conforme. Pero cuando se trata de un genocidio no me parece aceptable hablar de diversidad de opiniones. ¿Sabes qué le contesté? «Me alegro de que se acuerde de que los serbios son cristianos. Eso de matar moros tiene mucha tradición, como dice usted, entre los cristianos. Debe de ser parte de la doctrina cristiana...»

–¡Qué mala baba!

–¡Es que es verdad, coño! Y como ésta es una beata, se sofocó y dijo que ella no aprobaba el asesinato, precisamente por ser cristiana. ¡Pero esta vez le metí un buen gol!

Lo celebramos sin Encarnació.

Para mí es una profesional que cumple con su trabajo. Como Paca, que limpia, o como papá, que vende caravanas. Pero de ella como persona no quiero saber nada.

He descubierto una cosa: lo importante no es saber qué piensan los demás de ti, sino qué piensas tú de los demás. Desde que lo miro así, la vida me parece menos complicada. Será que he madurado. Por ejemplo, antes de estar enfermo lo que quería era ser popular entre los compañeros de clase. Es decir, que estaba pendiente de la opinión de los demás, y a veces hacía muchas gilipolleces sólo para que los demás dijeran: «¡Qué guay, tío, qué pasote!», sin tener verdaderas ganas de hacer aquellas gilipolleces.

Por eso Esther dejó de gustarme: ya no estaba pendiente de si a ella le parecía un crío o no, ni de qué pensaba de mí. La analicé y en seguida vi que era una «premaruja», sin nada en la cabeza. Su opinión sobre mí había dejado de preocuparme. Supongo que el día que quiera a alguna tía de verdad su opinión sí me importará, como me importa la de Lurdes y la de papá –la de él no tanto, porque a veces parece que todavía viva en la Edad de las Cavernas–, porque los aprecio. Pero la de los otros, los que me importan un bledo, ni me interesa ni me interesará. No sé si esto es egoísmo.

Antes de los exámenes de diciembre recibí una carta que me dejó de piedra. Era de Marta, aquella chica que había venido acompañando a Esther el día que me deshice de la maldita máquina de marcianitos. Yo ya ni me acordaba de ella.

> Querido Joel:
> Soy Marta Vendrell, aquella que fue a verte con Esther en septiembre pasado, ¿te acuerdas? ¡Me comporté como una sosa en aquella visita! Debiste de pensar que era idiota, pero es que yo me expreso mejor por escrito que de palabra, ¡y Esther monopoliza tanto hablando! No es que sea mala persona, pero para ella el mundo se divide en dos grandes grupos: uno, su propia persona; el otro, las personas que la adoran. El resto, sencillamente no existe.

Recuerdo aquella tarde y toda la conversación –aunque yo no abrí la boca– con toda claridad. Me pareciste un tío muy inteligente y muy legal. Tengo una teoría: cuando ves que alguien hace o dice algo que está bien, hay que decírselo. La mayoría de nosotros no hablamos bien de los demás aunque nos maten, y aún menos en presencia del otro. Pues eso no está bien. Es como ser rácano, pero en lugar de con el dinero, con los afectos.

No sé si me explico, pero creo que tú me entenderás. A mí me pareció que tenías mucha paciencia con Esther, que a veces se pasa un montón, y aquel día estaba tirando a pesada. Recuerdo especialmente una cosa que dijiste que me impactó: «Los amigos no son muletas». ¡Qué razón tienes! A mi alrededor sólo oigo hablar de la amistad en esos términos: que si fulanito me ha fallado, que si necesitas a alguien para contarle tus cosas, que si los amigos son para aguantar tus neuras, etc., etc. Pues no: un amigo, o una amiga, es alguien a quien aprecias, con quien te gusta estar, pero de quien no tienes que esperar nada más que su compañía. No es un intercambio: tú aguantas mis venadas y yo aguanto las tuyas.

Bueno, hablando de ti: ¿cómo van los estudios? Me pareció admirable que, a pesar de estar condenado a guardar cama, hayas decidido estudiar. Muchos hubieran utilizado la enfermedad como excusa.

A mí me va bastante bien, unas asignaturas mejor que otras. ¿Sabes qué carrera quiero hacer? Espero que no te dé un ataque de risa, como todo el mundo a quien se lo digo: quiero hacer Ciencias Exactas. Aunque parezca una broma, me encantan las mates. No sé si sabré expresarlo, pero a mí me da la impresión de que son como un reino aparte, donde las cosas son ciertas por sí mismas, donde nada es aleatorio, donde pisas firme.

Bueno, no me quiero enrollar más. Pero si puedo serte útil, no dudes en decírmelo. Pienso que no hay derecho a que estés tan solo y que no tengas compañeros con quien compartir los estudios.

Cuando quieras, llámame. Y, si no te apetece, no lo hagas por cumplir. No hay nada más horrible que la hipocresía, ¿no te parece?

Chao, y que te mejores.

Marta

Aquella carta fue muy importante para mí.

Era como un soplo de aire fresco. Siempre hablando con gente mayor, que hacen lo que pueden, pero que no tienen otro lenguaje, por mucho que se esfuercen. Y, sobre todo, siempre solo. Y mira por dónde, aquella chica, a la que ni siquiera recordaba, va y me dice: «¡Venga, tío, no desesperes, que aún hay gente como tú en el mundo!», o también: «Si me quieres como amiga, vale, por mí hecho».

Gracias, Marta.

La llamé, pero no estaba. Le dejé el recado en su casa y mi número de teléfono, y por la noche papá enchufó el teléfono al lado de mi cama porque tenía una llamada.

–¿Has recibido mi carta?

–Por eso te he llamado.

–¿Y?

–Gracias.

–¿Gracias?

–Sí. Tu carta me ha hecho compañía. Estoy muy solo. Y no lo digo para hacer el número del pobrecito enfermo, ¿eh?

–Yo también estoy muy sola. Y todo el mundo, creo.

–Me gustaría salir contigo. Y hablar de todo.

–Pero ¿puedes salir?

–Podemos «salir» aquí, en mi habitación. Mi padre ha aprendido a preparar meriendas. Incluso sabe hacer unos bocatas estupendos.

–Perfecto.

–¿Puedes venir?

–¿Cuándo?

–Yo estoy siempre en casa. Puedes venir un lunes a las ocho de la mañana, un martes a las doce de la noche o un domingo a las dos de la tarde.

–¿Qué te parece el viernes a las siete de la tarde?

Me gustó su risa. No parecía mojigata, pero tampoco era ninguna fresca.

El viernes, papá tenía trabajo en la empresa hasta tarde y Lurdes salió antes de hora de la peluquería para ayudarme, a pesar de mis protestas:

–¡Ni que fuera de porcelana! ¿Es que no puedo preparar solo ni una simple merienda? ¿Soy una especie de inválido o qué? Además, no tiene importancia: sólo es una amiga que viene a verme. Lo que pasa es que vosotros queréis controlarlo todo.

Pero Lurdes se hizo la sueca, preparó una merienda estupenda, ordenó mi cuarto, me puso todos los casetes y compactos a mano, me examinó un rato, como inspeccionándome, sonrió y se largó.

–He dejado conectada la puerta –dijo desde fuera, y se marchó.

Se refería a un mando a distancia que habíamos comprado para abrir la puerta desde la cama. Una vez, papá se dejó las llaves en casa y le supo tan mal hacerme levantar de la cama, que instaló este sistema. Una de sus exageraciones. Pero ahora el mando me era útil: no me apetecía abrir la puerta en pijama...

Marta llevaba tejanos y camiseta, y el pelo un poco más largo. Y una crucecita en una cinta de cuero negro al cuello, que le resaltaba la blancura de la piel.

Al principio no sabíamos de qué hablar.

Al cabo de una hora no podíamos parar de hablar.

Yo, últimamente, me he aficionado a los Beatles como un loco, y papá se burla, porque dice que los Beatles son de su época, ya ves qué chorrada. Bueno, Marta estaba en la misma fase. Cantamos a dúo un montón de canciones desentonadas. Ella leía mucho y me hizo descubrir a Gerald Durrell –casi era una especialista, porque había leído todo lo suyo–, y yo, que estaba enganchado a la «droga» de los libros desde principio de curso, acababa de leer una de las mejores novelas de mi vida: *Las aventuras del valeroso soldado Švejk,* de Jaroslav Hašek.

–Es un tocho de casi setecientas páginas y ¿quieres creer que no podía dejarlo? Reí hasta llorar. En casa pensaban que me había vuelto loco de remate. Es demasiado, en serio. Nunca, nunca ha escrito nadie algo tan bueno contra la guerra. Mira, yo no sé si me libraré de la mili por esto del corazón, porque si me opero dicen que quedaré completamente normal; pero si no me libro, no es que vaya a hacerme objetor: me declararé insumiso. Lo tengo clarísimo. Y gracias a este libro.

–¿Puedes dejármelo?

–Ya lo creo. Pero, a cambio, tú tienes que dejarme el casete de Janis Joplin, ¿eh?

Marta no era nada fea, como me había parecido

la otra vez que vino. Al contrario. Y, además, tenía mucha personalidad. Lo que pasaba es que, al lado de Esther, que iba tan extremada y que llama tanto la atención, parecía insignificante. Pero, fijándome bien en ella, la vi como una persona muy delicada, mucho más fina. Tiene unos ojos preciosos.

Lástima que no tenga el pelo largo.

Si algún día llegamos a intimar, se lo pediré. A lo mejor hay suerte...

Cuando papá volvió eran casi las diez. Venía de mal humor y cansado, pero se puso muy contento de que yo hubiese tenido compañía.

–¡Quién fuera tú, con una chica tan guapa para ti solo...! –exclamó, con su estilo de adulto papanatas que quiere hacerse el simpático.

Propuse que Marta se quedara con nosotros a cenar, imaginando que ella no podría, por la cosa de tener que volver a su casa y toda la pesca.

–¿Te dejarán en casa? –preguntó papá.

–Los tengo bastante domesticados. –Y esbozó una sonrisa preciosa–. Eso sí, tengo que telefonearles.

–Sólo tenemos el pollo que ha sobrado de la comida, Joel –susurró papá, preocupado, mientras ella llamaba desde el teléfono de la sala.

Y entonces llegó Lurdes, que en un dos por tres improvisó una cena de fábula. Fue tan fantástico, y Marta tiene tanto sentido del humor y es tan desinhibida cuando está a gusto, que todos lo pasamos de maravilla.

Después de cenar, papá la llevó a casa en el coche. Al despedirse, me preguntó:

–¿Te gusta el ajedrez?

–No mucho.

–Yo soy muy buena –dijo, bromeando–. Gano siempre. Me haría ilusión darte una paliza. Te bajaré los humos.

–¡Mis humos ya están por el suelo sólo de oírte! Eres una presuntuosa.

–Yo sabía jugar bastante bien –dijo papá metiéndose donde no le importaba.

–Vale –replicó ella sin cortarse–, podemos echar una partida múltiple, y así machaco a toda la familia. ¿Te apuntas, Lurdes?

¡Y se apuntó! ¡Mira, doña Discreta, cómo se entromete!

Qué remedio: el domingo siguiente tendría a Marta, pero tendría que compartirla con todo el mundo. ¡Menuda mierda!

Me había despertado a media noche y no podía conciliar el sueño. Había tenido una serie de imágenes oníricas que me habían perturbado. Había soñado con pechos, enormes pechos de mujer, duros como piedras y con los pezones casi negros de tan oscuros. Y me masturbé furiosamente. En aquel momento, entró papá. Eran las tres de la madrugada y nunca he sabido qué venía a hacer. Después, pensándolo, creo que entró a comprobar si me había tomado la pastilla, porque a menudo se llevaba un buen susto si me la olvidaba. Pero no lo sé seguro.

Apagó la luz en seguida y huyó. Llegué a verle la cara, tan azorada y confusa como si lo hubiesen pillado a él.

¡Mierda!

Nunca, nunca en la vida me había sentido tan jodido.

Es muy fuerte que una cosa así la vea tu padre.

¡Mierda!

Al día siguiente evitaba mirarme y me hablaba de un modo distinto, sin naturalidad.

Después de comer no pudo más y soltó:

–Tengo que hablar contigo, Joel.

¡Ya estamos!

–Mira –continuó–, a mí me resulta muy difícil hablar de según qué cosas contigo. Cuando naciste, recuerdo que le dije a tu madre: «Lo único malo de que sea un niño es que tarde o temprano tendré que hablar con él de sexo. Si fuera niña, sería cosa tuya». Porque a mí me cuesta mucho, muchísimo. Ya ves el tiempo que ha pasado y aún no sé cómo hablarte, pero no me queda otro remedio.

Yo me sentía tan violento que quería morirme allí mismo. Era incapaz de decir esta boca es mía y estaba rojo hasta las orejas.

–No sé qué decir –continuó él, sudando tinta–, ni cómo hacerlo. Perdóname, hijo, pero soy un desastre. Lo que quiero decirte es que yo creo que cada cual se las apaña como puede, y que eso de los pecados y todo el rollo, la moral que a mí me enseñaron, no acaba de convencerme. Hay mucha insinceridad en todo eso. Bueno, pero tú... Quiero decir que hagas lo que te parezca, pero yo creo que tienes que ser responsable, que tienes que pensar en tu enfermedad. ¡Coño, no sé ni qué me digo! Vamos, que pienses que no tienes que cansarte y que eso debilita, ¿sabes?

Fue una escena grotesca, violenta, humillante.

¡Mierda, mierda, qué mala suerte!

Afortunadamente, después de este episodio nunca más volvió a mencionar el tema.

Lo que me duele es que, por una cosa o por la

otra, me estoy quedando sin intimidad. Es lo peor de estar enfermo. Acabas siendo, lo quieran o no los demás, una especie de objeto para los que te cuidan. ¿No es eso, precisamente, lo que quiere decir *paciente*?

VIII

Marta, a partir de aquel momento, venía con frecuencia a casa. Era una situación muy curiosa: Marta y Lurdes eran «nuestras» mujeres, mía y de papá respectivamente, pero de algún modo las compartíamos. Quiero decir que Lurdes también era amiga mía y Marta también era amiga suya. Y ellas dos se llevaban muy bien.

Lo único que hacía sufrir a papá, que era más convencional que Lurdes, era que no «correspondíamos» con los padres de Marta. Que si ella se relacionaba con nosotros, nuestra obligación era hacer lo propio con sus padres.

–Que sepan que está en buena compañía, vaya –decía con su mentalidad de dinosaurio.

Se puso tan pesado que Lurdes se las compuso para invitarlos un día a comer. ¡Menuda tontería! ¡Ni que fuera una petición de mano!

Lo que preocupaba a papá era que les fueran con habladurías sobre su relación con Lurdes. ¿Se puede ser más cabeza cuadrada? Primero, porque ya me dirás quién coño iba a hablarle a aquella familia de nosotros. ¡Ni que fuésemos de la *jet-set* y saliéramos en las revistas del corazón! Y segundo, porque a ver qué mal había en que un hombre viudo tuviera relaciones con una tía. Además, Lurdes no vivía en casa. ¡Hostia, qué ganas de enredarlo todo! Pero como Lurdes siempre hacía lo que él quería y se moría por darle gusto...

Aquella comida fue memorable. ¡Si yo fuera Jaroslav Hašek, escribiría una novela que haría partirse de risa a los lectores!

El padre de Marta se llama Jacint Vendrell y es ingeniero en una empresa de aparatos eléctricos. Es decir, que gana pasta por un tubo. Su madre se llama Carolina Estébanez y trabaja en una editorial como directora literaria de una colección. También traduce a algunos autores cuando le apetece. Son gente adinerada, de gustos caros y de un estilo de vida muy diferente al nuestro. Que papá se acostara con Lurdes les importaba un bledo. Que yo estuviera enfermo sólo les hubiera preocupado si fuera contagioso. Si su hija quería pasarse media vida con nosotros, ellos no tenían nada que decir.

Creo que no les hubiera alarmado ni que tuviéramos un fumadero de opio en casa. Eran sofisticados. E intentaron ser encantadores con nosotros. Tenían un hijo mayor, que estaba haciendo un máster en Estados Unidos. Viajaban bastante a menudo y Marta se quedaba sola, así que los tres estaban acostumbrados a ir a la suya y no molestar a los demás.

Habían venido con un Porsche de color gris, que estaba aparcado justo debajo del balconcillo de mi habitación.

La afición preferida del padre era la caza y tocar el violín.

La madre pintaba y jugaba al squash.

Se entiende lo que quiero decir, ¿no?

Quiero decir que aquellos dos, en casa, se sentían como un pulpo en un garaje.

A papá y a Lurdes, cuando por fin se hubieron ido, les quedó una mueca en la cara de haber estado todo el rato sonriendo.

Luego, Marta y yo nos pegamos un hartón de reír analizando aquel almuerzo. Nos recochineamos de los cuatro sin piedad. Tanto, que acabamos teniendo remordimientos y todo.

–Que conste que mis viejos son bastante legales –decía Marta, secándose las lágrimas de tanto reír–. Eso de las mates, por ejemplo, es algo que aprendí de él, de muy pequeña. Es muy culto, ¿sabes? Y mamá también. Pero yo me entiendo mejor con él. Ahora ya no tanto, porque hago mi vida y no se meten en nada; pero de pequeña habíamos hablado mucho él y yo. –De pronto se puso seria–. No se quieren, ¿sabes? –continuó, con voz triste–. Se soportan y punto. Y nunca discuten, al menos que yo sepa. Pero cada uno va a la suya...

–¡Espero que no se les ocurra «corresponder» e invitarnos a cenar! Diles que yo no puedo salir de casa y que ellos están pendientes de mí, o lo que sea...

–No te preocupes, no lo harán.

Adiviné lo que estaba pensando: sus padres no llevarían a papá y a Lurdes a su casa. No querían que vieran el contraste entre las dos casas. Eran demasiado bien educados para restregarles por las narices su estatus.

De pronto se creó una atmósfera tensa entre Marta y yo.

Más adelante fui sabiendo más cosas: que los padres de Marta y los de Esther eran amigos, pero los de Esther no eran tan refinados como los de Marta; por eso Esther era una pija y Marta no. Y que eran gente que si no hubieran tenido un duro, habrían sido igualmente refinados, mientras que los de Esther eran ricos pero vulgares. Y eran amigos entre ellos como Marta lo era de Esther: por circunstancias diversas, no por afinidad. Por veranear en el mismo sitio, por ejemplo, por ir a los mismos restaurantes y cosas así.

A partir de aquel almuerzo, papá no paraba de decir: «¡Coño, sí que picas alto! ¡Te has buscado un buen partido!».

¡Será idiota!

A pesar de todo, Marta y yo éramos amigos de verdad.

¡Me gustaban tanto su compañía y su conversación...!

–A ti sí puedo explicártelo sin que te rías –me dijo un día–, porque es un tema que con los compañeros de clase más vale no tocar. ¡Acaban pensando que me falta un tornillo! Me refiero a las mates. Mira: para mí es como un reino, donde todo concuerda, donde todo es perfecto. No te burles, ¿eh?, pero es como si fuera lo que los creyentes llaman Dios...

–¡Hala!

–Sí, sí. El mundo de las matemáticas es como un modelo perfecto de este mundo real.

–¿Y eso cómo se come? Es decir, ¿para qué sirve?

–Servir, en cuanto a cosas prácticas, para muchas: para calcular el diámetro de una cañería o el alcance de un proyectil, para saber la capacidad de una red de alcantarillado o para ir a la compra y calcular el IVA. Para muchísimas cosas. Pero esto no es exactamente las matemáticas, sino sus aplicaciones. En la realidad no existen figuras geométricas, sino formas parecidas a un modelo mental,

¿sabes a qué me refiero? No hay círculos en ninguna parte, por ejemplo.

–¿Ah, no?

–No: un círculo tiene dos dimensiones, y aquí no hay nada bidimensional. Ni hay números. ¿Dónde están el cuatro y el veintidós? En nuestra mente, pero no en la realidad. Y todo encaja, sin errores. Afrontar un problema matemático es un reto, como un enigma que sabes con toda seguridad que tiene solución y además una única solución. Y que tal vez encuentres. Y cuando la encuentras, te sientes feliz. Vaya, me estoy haciendo un lío, pero es que no sé cómo expresarme.

–Por eso juegas tan bien al ajedrez... –dije, simulando una enorme mortificación en recuerdo de todas las palizas que me había dado.

–No exactamente, pero lo cierto es que el ajedrez es también un modelo, un modelo ideal de la vida real.

–¡Y una mierda! Es un modelo militar. Una partida de ajedrez es el simulacro de una batalla.

–Y el fútbol también... –replicó con suavidad.

KO, Joel. Ahora, jódete.

–Oye, si como dices las matemáticas son el modelo de la realidad y yo, cuando dibujo, lo que hago es imitar la realidad, entonces ¿dibujar es la copia de una copia?

–¡Ostras, supongo que no! No quiero decir que la realidad sea un reflejo de las matemáticas, ¿eh? Quiero decir que las matemáticas son la idealización de la realidad. Además, el arte es otra cosa. Supongo que copiar no es exactamente arte, sino una técnica para hacer arte...

–¡Gracias por decirme que lo que hago es una mierda, tía!

Y se me echó encima y empezó a hacerme cosquillas mientras yo gritaba cómicamente: «¡Piedad, piedad para un enfermo!».

La afición por la lectura se me incrementó con el trato con Marta, y ella empezó a interesarse por la pintura. A esas alturas, después de haber mirado, leído y absorbido docenas de libros de arte, tenía algunos conocimientos sobre pintura. Pero Marta decía que no se trataba de saber quién era Veermer o Mir –mis dos pintores favoritos– ni qué habían pintado, sino que yo sabía «mirar» la pintura. Que veía muchas más cosas que la mayoría de la gente.

–Eso no lo sabes –repliqué yo, fingiendo modestia–. No sabes qué ven los demás.

–¡Pues claro que lo sé! He ido muchas veces a museos con la clase y era un rollo para mí y para todo el mundo. A ti te pasa lo que a mí con las mates: es una especie de punto de vista particular tuyo. Como si fueses tú, tu mirada, la que diera sentido al cuadro, ¿entiendes?

–¿Sabes qué pienso, Marta? Verás, hay cosas que recibes sin hacer nada. Así, pasivamente, ¿entiendes? Como por ejemplo una peli entretenida. Te hace pasar el rato. Tú te tumbas, la ves y tragas lo que te echen. Y hay otras cosas que tú no recibes, sino que mientras las captas vas pensando, vas actuando...

–Quieres decir que, por ejemplo, ver la televisión es estar pasivo y leer un libro es estar activo...

–Mira, pues no estoy muy seguro. A mí, eso de que todos los adultos estén de acuerdo en que la tele es mala y los libros buenos, me huele a chamusquina. Digo yo que habrá programas de televisión buenos y libros malos, ¿no?

–¿Crees que hay una conjura entre los adultos

para hacernos la puñeta? –dijo, bajando la voz como si estuviéramos perpetrando un terrible complot.

–Sí, porque nos tienen envidia –respondí yo, imitándola–. Somos todo lo que ellos no han podido ser y tenemos toda la vida por delante. Bueno, yo no, pero la mayoría sí.

–¡Calla, burro! –Y me dio en la cabeza con una revista enrollada.

–De verdad –continuó–, es sospechoso. ¿Cómo es posible, digo yo, que los adultos califiquen de «mala» la tele y de «buenos» los libros y, en cambio, consideren ver la tele como un premio y leer como un castigo? ¿Verdad que no se entiende?

–Es que están pirados.

–Además, no saben divertirse. ¿Te has fijado cómo se aburren cuando dicen que están divirtiéndose? Eso de cenar con los amigos, ¿no es una lata total también para ellos?

–Además de pirados, son idiotas.

–Mira a mi padre, por ejemplo: ¿tú has visto todo lo que hace por mí? Yo estoy seguro de que no haría tanto por otra persona. ¿Qué misterio biológico hay detrás de su relación con nosotros? Viendo a mi padre me pregunto cómo es posible que le importe más yo que él mismo...

–Esto no te lo tomes a broma, Joel –dijo, muy seria–. Tu padre sufre muchísimo por ti. Yo no sé por qué lo hace, pero lo que sé seguro es que todos los padres no son así. La salud de un hijo les importa a todos, eso sí, pero tu padre está auténticamente angustiado por ti.

–Se puede decir que soy un tío con suerte, ¿verdad? –dije, con dos estúpidos lagrimones bailándome en los ojos porque me había emocionado lo que había dicho de papá.

Ella me cogió la mano y me transmitió un largo mensaje sin palabras. Un mensaje denso, humano, precioso: «Vamos, tío, no te importe emocionarte; emocionarse por cosas buenas no tiene nada de malo...».

Eso decía su mano, cálida y húmeda.

¡Hostia, cómo me gusta esta tía!

Otro día, después de haber escuchado una cinta de Charlie Parker que se empeñó en que me gustara –era de jazz, y a mí, el jazz...–, me dijo:

–Si lo escuchas muchas veces, empieza a gustarte.

–A ti te enseñó tu padre, ¿no?

–Pues no señor: mi madre. Probó con la música clásica y nada, que no podía «entrar», como ella dice. Y probó con el jazz ¡y bingo! De hecho lo hizo para que dejara de escuchar «las horribles músicas que pones siempre». ¡Me dio a conocer a Billie Holliday, a Chuck Berry y a gente fantástica! Eso sí, mi venganza fue genial: la obligué a ella a «entrar» en el rock y al fin reconoció que, cuando es bueno, vale la pena.

–Tal vez es que cada uno está hecho para entrar en algo distinto.

–Tal vez sí, pero yo creo que, aparte de los gustos personales, también está la costumbre, la práctica. Cuando tienes el oído habituado a determinada música, te gusta y la entiendes mucho más que otras músicas...

–Bueno, pero a mí me gusta dibujar y nadie me ha enseñado. Es algo que me sale de dentro.

–Sí, claro. ¿Sabes qué hacía una amiga de mamá? Cuando sus hijos eran pequeños, les ponía Mozart todos los días durante el desayuno, y tenían que desayunar en silencio, escuchando la música. «Ya verás de mayores la afición que tendrán por la buena música», decía. ¿Y sabes qué pasó? Ahora ya son mayores, más que tú y yo, ¡y odian a muerte a Mozart! Y recuerdan aquellos desayunos como una pesadilla.

–¿Tú qué crees, Marta? ¿Que nacemos con una disposición para ciertas cosas, o que lo absorbemos de fuera? Por ejemplo, tú dices que eso de las mates te viene de tu padre, pero quizá en otra persona todo lo que él dijera habría caído en saco roto...

–Tengo una teoría: creo que, por lo que respecta a los gustos, las aficiones, incluso la vocación por una carrera o por un oficio, hay dos grupos de gente: los que miran hacia fuera y los que miran hacia dentro. Por ejemplo, la poesía, que a mí me resulta un verdadero palo, la hace la gente que mira hacia dentro. En cambio, la ciencia la hacen los que miran hacia fuera, que sienten curiosidad por lo que pasa a su alrededor, en la Tierra o en el cielo...

–Ahora sí que me has jodido. Yo no sé si soy de los que miran hacia fuera o hacia dentro.

–¡Tú y yo miramos hacia fuera, tonto!

–¿Y eso es bueno?

–Ni bueno ni malo. Cada cosa tiene sus ventajas y sus inconvenientes.

–¿Y no hay nadie que mire hacia dentro y que mire hacia fuera, según de lo que se trate?

–Eso sería lo ideal, creo yo. Tengo otra teoría...

–¡Tienes muchas teorías, tú!

–¡Sí señor, muchas! Y son una mierda de teorías, una chorrada y todo lo que quieras. ¡Pero son mías!

Y se dio unos golpecitos en el pecho. Le brillaban los ojos, como si estuviera enfadada. Esta vez fui yo quien le cogió la mano a ella. Acaricié su piel, tan suave, con el pulgar, y la miré directamente a los ojos.

Se cruzó entre nosotros la mirada más bella que dos personas han compartido nunca.

IX

El día que cumplí quince años fue, con la ilusión que me hacía, un día triste. Marta estaba de exámenes y la veía poquísimo, y entre papá y Lurdes pasaba algo. Además, papá me dijo, desanimado como estaba aquellos días, que lo sentía pero que no tenía un duro para comprarme un regalo.

–No creo que te haga falta nada, ¿verdad? Y ahora ya eres un hombre...

Mira, quizá soy infantil, pero me molestó no tener ningún regalo. Quizá es un ceremonial estúpido, pero yo lo esperaba. Me hubiera gustado cualquier cosa, por barata que fuera.

¡Qué vamos a hacerle!

Lurdes también estaba tristona, como papá, por eso creía que les pasaba algo. Quizá por eso ella tampoco pensó en comprarme nada. Me da vergüenza confesarlo, pero a solas solté cuatro lagrimitas y todo...

Me levanté para comer y resultó que tampoco había menú especial ni pastel de cumpleaños.

Son cosas que duelen.

Cuando ya acabábamos –¡yo que me había vestido incluso, en vez de comer en bata!– levanté el vaso de agua y dije, lleno de rencor:

–¡Felicidades, Joel!

–¡Ostras, no había caído! –saltó Lurdes.

Antes de que se precipitara a darme explicaciones y a pedirme disculpas, huí a mi habitación.

Al cabo de un rato, cuando ya estaba entre las sábanas y podía fingir que dormía, entró y se sentó al pie de la cama y me miró. Le notaba la mirada y sabía que ella sabía que no dormía de verdad.

–Joel... –Lo dijo muy suave, en un tono especial.

Cuando la miré, tenía los ojos arrasados en lágrimas y me miraba como si una pena muy grande le oprimiera el pecho, una pena que no podía ser por haberse olvidado de mi cumpleaños. Me incorporé y le puse una mano sobre el hombro.

–¿Qué te pasa, Lurdes?

–Tu padre y yo, ¿sabes? –Y bajó la cabeza para tragarse las lágrimas, que no la dejaban hablar. Cuando se rehízo, volvió a mirarme–. Hemos roto.

–¡No jodas! Pero ¿por qué? ¿Qué os ha pasado?

Empezó a negar con la cabeza.

–No puedo resistirlo, no puedo... –decía con un hililllo de voz.

–¿Qué te ha hecho papá?

–Él no me ha hecho nada. ¡Nada! Soy yo. Soy una imbécil. Soy una estúpida.

Me lo explicó entre mocos y lágrimas. Era la primera vez en la vida que alguien me hacía confidencias tan personales.

Por lo visto, papá hacía tiempo que le insistía para que se casaran. O, al menos, para vivir juntos. Y ella le iba dando largas, porque no lo tenía claro.

–¡Quiero que sepas que quiero mucho a Víctor! ¡Muchísimo! Pero no puedo. ¡No puedo!

No podía casarse, decía, porque el fracaso anterior la había hecho sufrir demasiado y no se veía con fuerzas. Le daba un miedo terrible la idea de convivir.

–¡Estábamos tan bien como hasta ahora! Pero él dice que ya no puede más, que quiere verme siempre, que quiere que estemos juntos. Dice que está contentísimo de que tú y yo nos entendamos tan bien y que no ve ningún inconveniente. ¡Pero yo no puedo! Es como si alguien me pidiera que me dejara atar las manos.

Intenté entender su punto de vista. Y el punto de vista de papá. De entrada, pensé, no sé por qué, que la ruptura era culpa de papá. Pero después de escucharla pensé que papá tenía razón: si se querían, ¿por qué no estar juntos de verdad? Me parecía infantil y neurótico que Lurdes tuviera tanto miedo.

–Mujer, si vivís juntos, sin casaros, ¿estás segura de que te sentirás atada?

Se puso a llorar más intensamente.

–¡Es que hay algo más, Joel! No sé si puedo decirte esto o no.

¡Lloraba con tal desespero, pobre Lurdes...!

–¡Lo que de verdad me da miedo es que tu padre no ha olvidado a tu madre!

Ostras.

–Él dice que me quiere y yo le creo, pero lo conozco mucho mejor de lo que se imagina. Sé que la añora, la echa de menos, que siempre la comparará conmigo. Yo sé que la tiene metida en la cabeza. No, no tendría que decirte esto: es tu madre, y así debe ser, que los dos la recordéis siempre, pero yo *siento* que sería un fracaso, que siempre estaría en condiciones de inferioridad...

En aquel momento descubrí, horrorizado, que yo sí había olvidado a mamá. Me sentí un traidor.

Dos días después, Lurdes, haciéndose la animosa, se despidió de mí.

–Te echaré de menos –le dije–. No lo digo por quedar bien, tía, sino de verdad.

–Yo también te echaré de menos. Tú concéntrate en Marta. Y estudia, ¿eh, Joel? Y si algún día me necesitas, a pesar de todo, llámame. Siempre seré tu amiga, aunque no nos veamos.

Cuando ya salía, se volvió y añadió:

–Cuídalo, ¿eh? Hasta que se acostumbre, se sentirá muy solo. Ahora sólo te tiene a ti. Cuídalo, ¿me lo prometes?

¡Yo no sé cuidar a mi padre! Pero se lo prometí.

A partir de aquel momento, la casa cambió. Todo cambió. Sobre todo, cambió papá. Sé que intentaba superarlo, pero no podía. Sé que quería que yo estuviera como siempre, pero la tristeza se había adueñado de él.

¿Cómo podía ayudarlo yo?

Intenté que hablara conmigo, porque así se desahogaría.

–¿Crees que es definitivo? ¿Que Lurdes no volverá?

–No, no volverá.

–Te quiere de verdad. Me lo dijo ella misma.

–Pero no lo suficiente.

–Ella dice que eres tú. Que está mamá...

–¡Eso son excusas! No me quería lo bastante para casarse conmigo, eso es todo.

–Pero ¿y tú, papá? ¿La querías de verdad o no?

No respondió.

Un día me gritó y todo, y dijo que no me metiera donde no me importaba.

–Muy bien, insúltame si quieres. Ríñeme. ¡Pégame si quieres! ¡Pero te repito que eres un imbécil, porque has dejado escapar a una tía estupenda!

Yo estaba furioso. Pero, sobre todo, quería que reaccionara, que se desahogara. ¡Quería ayudarlo, coño!

Otro día, por fin, serenamente, habló un poco conmigo. De mamá y de Lurdes.

–Es verdad que pienso a menudo en tu madre. No sabes lo que significó para mí perderla de aquella manera. Y el miedo que sentí al saber que ahora tú sólo me tenías a mí. Y cómo la he echado de menos con lo de tu enfermedad. Soy un cobarde, ¿sabes? Se me hizo una montaña, y me desesparaba que Margarida no estuviera conmigo para afrontar lo tuyo. ¡La he echado tanto en falta! No creo que haya nada de malo en ello. Pero Lurdes es otra cosa. Ay, Joel, no sé si me perdonarás alguna vez lo que voy a decirte: nunca he querido a ninguna mujer como he querido a Lurdes. Margarida era la compañera, era tu madre, la persona con la que lo habría compartido todo. Pero, como mujer, no he querido ni querré a nadie como a Lurdes.

Bueno, se había desahogado.

Pero no habíamos solucionado nada.

Por la noche, después de cenar, encendía la tele y se pasaba horas mirándola. Ensimismado, con una expresión hosca y amarga. Y bebía. Tomaba coñac con agua y hielo, uno tras otro. Alguna vez se durmió en el sofá y pasó así la noche.

Ya no hacía deporte y volvió a engordar. Tenía la cara gris; estaba viejo. Sé que cumplía con sus obligaciones en el trabajo, y en casa hacía todo lo que tenía que hacer. Pero bebía. Cada día más. Al principio, eran dos o tres coñacs. Luego, siete u ocho.

En casa no se oía ni una mosca. No hablábamos nunca, nunca había nada que decir. Incluso Marta empezó a venir menos, porque le daba no sé qué aquel ambiente triste y opresivo.

¿Cómo podía ayudarlo? ¿Cómo?

Ideé muchas tácticas, todas igual de idiotas. Le leí, le hice escuchar alguna canción que pudiera gustarle, lo animé a continuar yendo al club de Horta a jugar al tenis, le reñí por estar gordo y descuidado, intenté que se interesara por algo: el ajedrez, con Marta y conmigo, la colección de sellos que siempre decía que tenía que seguir, el Barça... Le hablaba del Barça a todas horas. Devoraba los diarios para comentarle cosas de fútbol, yo, que nunca he sido muy aficionado. Incluso escribí a una sociedad vinícola, por si se interesaba y se hacía socio.

¿Qué puedo hacer por él?

«Tal vez si empeora mi enfermedad saldrá de ese pozo.»

¡Coño, no puedo desear eso!

Yo no soy un mártir, sino un tío normal y corriente. Y, de repente, papá cambió. Me alegró tantísimo, me sentí tan aliviado que incluso canté *The Miracle*, de Queen, en el karaoke, a pleno pulmón. ¡Ostras, si estuve jadeando más de una hora por haberme desgañitado con tanto ímpetu!

El caso es que el señor Rovira, el gerente de la empresa de caravanas, se había jubilado. Y como mi padre era el empleado más antiguo, le ofrecieron el puesto a él. Estaba exultante.

Sencillamente, ahora ya tenía en qué pensar. Así de fácil.

Lo apoyé en todo el rollo aquel –aburridísimo por cierto– y me tragué toda la verborrea que le salía por los codos sobre los planes que tenía. Me lo explicaba enseñándome un montón de papeles.

–Una renovación. ¡Sí, señor, eso es lo que necesitamos! Tenemos que ampliar la cartera de clientes. Tenemos que hacer promociones. ¡Hay que hacer publicidad! Esta empresa ha vivido siempre de glorias pasadas. Las cosas tienen que cambiar. ¡Y créditos! Con un buen sistema de créditos, y no la mierda que hemos tenido hasta ahora, mucha más gente comprará caravanas... ¿Es que no se dan cuenta de que son carísimas? Hay mucha gente que tendría caravana si se lo pudiera permitir. Y un buen sistema de asesoramiento, que el cliente sepa que puede contar con nosotros en las dificultades, ya no en las averías, en los desperfectos, sino en las rutas. Que sepan a quién tienen que recurrir, que haya una información fluida.

¿Quién ha dicho que no soy un mártir?

Ahora estaba menos en casa, y le sabía mal por mí, pero yo no paraba de repetirle que estaba perfectamente. No mencionábamos a Lurdes, que nos hacía muchísima falta, sobre todo a mí... Me he vuelto un egoísta de marca mayor, porque cuando papá llamaba diciendo: «Me sabe mal, hijo, pero no puedo ir a cenar», le decía: «No pasa nada, tío, ya me apaño con un par de huevos» pero pensaba lo bien que me habría venido tener a Lurdes: para hacerme la cena. Si seré mala persona...

En la segunda evaluación, seguramente por todo esto, las cosas no me fueron tan bien y suspendí las dos lenguas.

«Bueno, Joel –me dije–, ahora no te hundas; de hecho, el plan inicial era que te las dejarías para septiembre, ¿no? Pues no seas cagado y aguanta.»

Había sido Marta la que me había convencido de que lo intentara en junio.

–¡No jodas tía, que son las tres evaluaciones! ¿No ves que la primera no la hice?

–¿Y qué? ¡Pero si estás muy puesto en todas, Joel! No sabía que fueras un gallina...

Volvía a estar muchas horas, muchísimas horas, solo.

Si alguien me ayudara en las lenguas...

–Papá –le dije una noche–, ¿ahora cobras más?

–¡Ya lo creo! ¡Casi el doble!

–¿Me puedes pagar un profe particular de lengua?

–¿Estás decidido a intentarlo en junio? ¿Por qué no te las dejas para septiembre? No sería ninguna vergüenza...

–¿Puedes o no puedes? Pero de verdad, ¿eh?

–Ya ves: con la bronca que me metiste cuando contraté a Encarnación...

Marta me buscó un profesor de lenguas. Se llamaba David y hacía primero de Filología Catalana. Era buena persona y como profe no estaba mal.

Copié el plan que había diseñado Lurdes para el primer trimestre y me metí de lleno. Pero se me fue la mano.

¡Me encontraba tan bien! Precisamente aquel junio hacía dos años que había empezado el tratamiento y el reposo absoluto. Y no eran imaginaciones mías que me sintiera bien: el propio doctor Delgado decía que había dado un cambio sorprendente. Por eso quería presentarme a los exámenes. En el mismo horario que los alumnos normales. Había estudiado como un cabrón durante todo el trimestre y sabía que estaba lo bastante bien preparado como para sacármelo todo.

Los exámenes duraban dos semanas.

Tuve otro ataque, debido a un edema pulmonar, en pleno examen de Naturales.

Sólo me faltaban la Lengua Española –que no sé si me habría sacado– y las Mates, que era lo que mejor llevaba.

El ataque fue muy aparatoso.

Era el único examen al que papá no había podido acompañarme y me había dejado ir solo al colegio con mucha reticencia.

Se armó un buen cristo.

Por suerte, alguien tuvo la serenidad de llamar a una ambulancia y pude resistir gracias al oxígeno que me aplicaron en seguida.

Eso sí, me fue por los pelos.

Aquella misma tarde me operaron.

Cuando te despiertas de una operación no estás en ninguna parte. Existes y al mismo tiempo no existes. A mí me han anestesiado otras veces, pero la anestesia de una operación no tiene nada que ver. Además, estás conectado a un montón de tubos y mover la cabeza un milímetro supone un esfuerzo insoportable. Sé que estaban papá y el doctor Delgado, porque los veía entre brumas, como si estuvieran muy lejos. Y sé que yo era un hilillo de vida.

Ahora llevaba dos cuerpos extraños dentro: una prótesis de cada válvula cardíaca. Me habían reconstruido, de plástico. Pero yo no me sentía nuevo, sino viejo. Muy viejo.

Después me contaron que estuve tres días semiinconsciente. Me dijeron que les di un buen susto, porque no estaba claro si mi cuerpo iba a aceptar o no las válvulas. Mis ritmos vitales estaban bajo mínimos. Y me dijeron que gemí.

Al cuarto día, de repente, abrí los ojos y vi con claridad. En aquel momento no me miraba nadie y no podía moverme ni pizca. Pero tenía la cabeza completamente clara. Había dos personas en la habitación. Susurraba en la penumbra.

Eran papá y Lurdes.

Desde la cama podía ver bien la cara de papá; la de Lurdes, sólo de perfil y a medias, porque el pelo se la tapaba. Papá tenía cara de cansado. Estaba arrugado, como si su cuerpo necesitara una pasada de plancha. Tenía aspecto de llevar días sin afeitarse y sin dormir.

¡Ostras, cómo lo quise en aquel momento!

¿Sabéis cuáles fueron mis primeras palabras?

–Mierda, papá, no he podido sacarme el curso.

–¡Que lo zurzan, el curso, tonto! –dijo papá.

Me miraba como quien mira un tesoro.

Durante todo el tiempo que duró la depresión de papá por la separación de Lurdes, estuve tentado muchas veces de telefonearla, de pedirle ayuda. Y cada vez me decía: «No, Joel, no lo hagas. Lo estropearás aún más. Y es una cobardía. Y papá no te lo perdonará. No puedes entrometerte. No puedes hacer venir a Lurdes para que se apiade de papá...».

Yo pude resistir, pero papá no. Cuando le avisaron y cuando me metieron en el quirófano, a pesar de ser noche entrada, la telefoneó. Ella acudió en seguida.

–¡Estaba tan guapa, Joel! –me comentó papá cuando estaba yo convaleciente–. ¡Si la hubieses visto! Estaba en bata cuando la llamé y se vistió encima del camisón; pero se le olvidó ponerse los zapatos y vino en zapatillas. Yo estaba tan jodido que no entiendo cómo me fijé en eso. Ni pizca de maquillaje, despeinada y con aquella mirada leal y limpia que ella tiene, volcándose para ayudarme a pasar el mal trago. ¡Estaba tan guapa! En zapatillas...

No habían hecho las paces. Pero estaban juntos por mi causa. Lurdes es verdaderamente una tía cojonuda.

Cuando aún estaba en el hospital vino Marta a verme, con un gran ramo de flores.

–¿Se le pueden regalar flores a un tío? –dijo, en cuanto asomó la cabeza por la puerta.

La pobre Marta se impresionó al verme tan chafado y conectado a tantos cables. Me había traído flores por eliminación, explicó: bombones no podían ser, porque no me los dejarían comer; un libro tampoco, porque no estaba en condiciones de leer; una casete estaba bien, pero imaginaba que yo no tendría el walkman en el hospital. ¿Por qué no flores? Alegran la vista...

–Y, además, en el hospital, cuando los enfermos reciben flores, dicen: «Ojo, éste es importante», y te tratan mejor...

El traslado a casa fue toda una odisea. Las precauciones que tomó papá, el miedo que tenía de que se me soltara algún punto, como dijo mil veces, la subida de la escalera, llevado entre él y Lurdes... Creo que el vecindario aprovechó para vender entradas, porque fue un auténtico espectáculo.

Ya en la cama me eché a reír, reventado como estaba, mientras papá gritaba, todo rojo, que se me soltaría un punto. Estaba histérico, el pobre. ¡Hasta le pegó cuatro gritos a Lurdes!

–¡Coño, mujer, ve con cuidado! ¡Que me lo han abierto de arriba abajo, esos bestias!

¡Ostras, y qué angustia me daba mirar la cicatriz, cosa que tendría que hacer tarde o temprano! Me imaginaba, tendido en el quirófano, abierto en canal, mientras me hurgaban dentro, y me daba vueltas la cabeza.

Estar en casa fue cojonudo. Tener a Lurdes cuidándome, aún más. Era el rey del mambo. Todas las contemplaciones que recibía, todas las atenciones, me iban convirtiendo poco a poco en una especie de tirano malcriado y sin entrañas.

Marta se quedó sin veraneo por hacerme compañía. Venía todos los días y me obedecía como una esclava.

–¡Eres un pelma de tío! –exclamaba con falsa resignación y feliz de serme útil.

Ahora quiero agua; ahora sal, que tengo que mear; ahora dale la vuelta a la almohada, que está sudada; ahora ponte de cara a la luz para verte bien; ahora tráeme el ventilador, que me ahogo; ahora abanícame, que el ventilador no me llega a la frente; ahora léeme, que me aburro...

Cuesta creerlo, pero la convalecencia de la operación fue la época más feliz de mi vida.

A mediados de agosto empecé a llevar vida normal. Pero normal normal. Salir a la calle incluso. Había crecido tanto que me daba miedo tropezar con el marco de las puertas, y estaba tan delgado que papá tenía miedo de que un soplo de viento me llevara. Pero estaba sano. Completamente.

Entonces Lurdes volvió a despedirse de mí. Esta vez estaba serena y lo hizo con dulzura y calma.

–No es necesario que vuelvas a darnos un susto de muerte para hacerme venir, ¿vale, Joel? Si me necesitas, llámame. ¡Y que no sea desde un hospital!

–¿Lo tenéis claro, papá y tú? ¿Seguro que no queréis volver a pensarlo?

–De momento, no. Más adelante, no lo sé.

–Me hubiese gustado que me ayudaras a hacer planes para este curso.

–¿Yo? ¡Anda ya! Está clarísimo lo que tienes que hacer. Se te han acabado las excusas de la enfermedad. Ahora a currar. A recuperar el tiempo perdido, pero sin agobios, que nadie te persigue.

–¿Sabes qué tendrías que hacer? Volver a comprar la caravana para aquel viaje a Bélgica. No puedes pasarte toda la vida deseando una cosa que *sí* puedes hacer...

–Total: que eres tú el que me da consejos a mí. ¿Qué os pasa a los tíos que necesitáis siempre decirnos a las mujeres qué nos conviene hacer y qué no?

Entonces me abrazó y me dio un beso en cada mejilla.

Una de las visitas que tuve fue la de Esther. Vino con Marta y estuvo muy simpática y mucho más natural que la vez anterior. Como siempre, estaba para comérsela, pero a mí ya no me decía nada. Aun así, le agradecí que se tomara la molestia de venir, y más habiéndola tratado tan mal la vez anterior.

–Marta me ha explicado muchas cosas de ti. La verdad es que yo apenas te conocía. Como compañero de clase y punto. Pero ahora que sé de qué vas, me caes muy bien, ¿sabes?

–¿Te confieso una cosa? Aquello que te dijo Jordi-búscate-la-vida de que estaba colado por ti era la pura verdad.

Marta estaba presente y le hacía gracia oírnos. Sabía perfectamente que lo que yo había sentido por Esther era agua pasada. De cuando era un crío.

–Y ahora estás colgado por ésta –dijo ella, señalando a Marta.

–¡Esther! –protestó ella.

–Pero si está más claro que el agua. Y no sólo porque salgáis juntos, sino porque se os nota...

–Eso de que salimos es una figura retórica, ¿no?

–¿Una qué?

Nos reímos los tres. Entonces Esther se inclinó hacia Marta y le susurró algo al oído.

Lo vi perfectamente: «Joel está buenísimo. Te envidio, chica».

Marta me vio mirar y empezó a gritar:

–¡Eres una asquerosa! ¿No sabes que éste sabe leer los labios? ¡Ahora se le subirán los humos! ¡La has hecho buena, tía!

–¡Ostras, no me acordaba! ¿Se puede saber por qué me mirabas cuchichear? Eso es como espiar, como pegar la oreja a la pared para escuchar conversaciones privadas.

–¿Lo has probado con un vaso?

–¿Cómo dices?

–Mira, pones la boca de un vaso contra la pared y pegas la oreja al culo del vaso. Se oye de fábula todo lo que hablan en la habitación de al lado.

–¿Te das cuenta de cómo es? –dijo Marta, haciéndose la mártir–. No sé cómo lo aguanto...

Cuando Esther se fue, vino la tía Olga, que es una pelmaza, y, cuando se hubo marchado, le dije a Marta, muy bajito, para que no lo oyera papá, que ya había llegado del trabajo:

–Esther tiene razón: estoy colado por ti. Lo sabías, ¿verdad?

X

Con el miedo que había tenido todo aquel tiempo de convivir con críos en clase y lo llevé bastante bien. De hecho, era un privilegio estar con mocosos por diversas razones.

En primer lugar, porque me respetaban. Muchísimo. Al principio hubo el tarambana de turno, que quiso meterse conmigo e incluso me puso un mote: el Lapicero. Porque era muy alto y delgado, claro. Pero nadie le hizo caso. Desconozco por qué reaccionaron así conmigo, porque yo no era nada simpático con ellos: sencillamente, los ignoraba. Cosas de la vida: a veces quieres que te respeten y que si quieres arroz, Catalina; y a veces, sin mover un dedo, tienes el respeto de todos. Yo no me metía con ellos, más que nada por pereza, ni me interesaban lo más mínimo. ¡Tenían un comportamiento tan infantil! Hablaban siempre de sexo con unas palabras horribles –¿yo he hecho lo mismo alguna vez?; porque, la verdad, no me acuerdo...–, y tenían aquella paranoia de interpretarlo todo con segundas. ¡Y aquellas risitas de conejo cuando algún profe decía algo que se prestaba a equívoco! Y se peleaban por las cosas más estúpidas que uno pueda imaginarse. ¡Ostras, no sé cómo los aguantan en su casa! Y ya ves quién soy yo para criticar, si he sido un adolescente insoportable, sobre todo antes de estar enfermo... Bueno, pues si hablaba yo, todos callaban. Si me pedían que intercediera en sus disputas de mocosos, yo me hacía el sueco. Pero me respetaban. Cosas que pasan...

En segundo lugar, porque los profes también me tenían una especie de respeto. Diferente, pero respeto. O, mejor, una especie de deferencia, por mi enfermedad, por mi edad o porque, qué puñetas, era un buen alumno. Cuando toda la clase fallaba en algo, ya se sabía: «Va, Joel, explícalo tú...». Yo no me sentía nada orgulloso, porque era natural que supiera más cosas que todos ellos. Pero la verdad es que esta deferencia no me estorbaba en absoluto.

En tercer lugar, porque me resultaba fácil seguir el curso. Demasiado fácil incluso, y a menudo me aburría en clase. ¡Coño, es que había que explicarles las cosas veinte veces! Tengo clarísimo que nunca me dedicaré a la enseñanza. Meter conocimientos en la cabeza de criaturas es un auténtico palo. En cambio, yo podía aprobarlo todo sin esforzarme. Y algunas asignaturas no hacía falta ni que las repasara. ¡Tres años en cama me han hecho leer tanto!

En cuarto lugar, porque las tías de la clase –ya se sabe que ellas crecen más deprisa que nosotros– me tenían en un altar. Tal vez porque aquel año yo era la novedad o porque el hecho de tener casi dieciséis años las alucinaba. Y lo cierto es que algunas estaban buenísimas y no me venía nada mal que me hicieran tanto caso.

Y en quinto lugar, porque podía constatar cómo y cuánto había madurado. Pero en todos los sentidos: en cosas generales de la vida, en conocimientos, en mi relación con los demás... En fin, en todo. Especialmente, mi relación con papá era excelente. Nos entendíamos la mar de bien, y ahora que yo llevaba vida normal, compartíamos el trabajo de la casa sin ningún problema. ¿Que yo tenía un examen? No hacía falta pedírselo: él era el cocinero, el planchacamisas y el cosebotones, por ejemplo. ¿Que él iba agobiado de trabajo? Pues todo corría de mi cuenta. No hacía falta ni mencionarlo. Por otra parte, él hacía su vida y yo la mía, sabíamos que la intimidad del otro era algo sagrado.

Así pues, me saqué el octavo de básica sin esfuerzo –además de recuperar las dos que me quedaban de séptimo–. Me sentía con una gran serenidad. Porque otra cosa que había aprendido era a disfrutar de las cosas. Y a tomar decisiones.

Por ejemplo, lo del dinero. Hasta ahora, a mí, que o había sido un crío o había estado enfermo, ni me iba ni me venía cómo estaba la cuestión económica en casa. Aún más: no me interesaba. Pero ahora papá me tenía al corriente de las entradas y salidas y, por decirlo así, administrábamos entre los dos. Me horroricé de lo que había gastado en mí todo aquel tiempo, pero por suerte el salario de ahora, para dos personas como nosotros y con piso propio, nos daba para ir tirando.

Todo iba sobre ruedas. Excepto dos cosas, las únicas que no acababan de funcionar.

Una era mi físico: estaba pálido y sin un gramo de musculatura. Y no era por falta de tiempo, pero el doctor Delgado no quería que me precipitara. No es que estuviera demacrado, porque había ganado muchísimo con la operación: ahora tenía defensas y ya no pillaba todas las infecciones, y no me cansaba nada. Pero era demasiado temprano para practicar deporte, para hacer musculatura. «Un poco más de paciencia, Joel. Deja que tu cuerpo, que la naturaleza siga su curso y no fuerces la máquina», me decía el doctor Delgado. ¡Me desesperaba verme tan sumamente flaco!

La segunda cosa que no funcionaba bien era Marta.

¡Son tan raras las tías!

Porque había cogido unos celos terribles de Mireia, una compañera de clase. Esto me pasa por burro, por contárselo todo.

El caso es que a Mireia, que era, por cierto, muy guapa, también le interesaba el dibujo y hablábamos de nuestros gustos a menudo.

–¿Tú eres idiota o qué? –me decía Marta–. ¿No ves que flipa por ti y eso del dibujo es una excusa?

Un día Marta vino a buscarme y me vio con Mireia. De acuerdo, estábamos muy juntos, pero es que dibujábamos la caricatura de un político. ¡No hacíamos nada malo, coño! Bueno, pues ella armó un cristo increíble. ¡Se pasó un huevo! Tanto que al final no pude más y exploté:

–¡Ya está bien!, ¿no? A ti lo que te pasa es que preferirías que fuera un enfermo, tenerme en cama, controlado. ¡Si por ti fuera, aún estaría pringando la enfermedad!

–¡Eso no es justo!

–¿Que no? Oye, yo soy un tío normal. Tengo amigos y amigas. ¡Si te gusta, bien, y si no te gusta, también! No le pertenezco a nadie, ni a ti ni a nadie. Y no tengo por qué darte explicaciones.

–No sabía que fueras tan insensible, tan egoísta. Joel.

Estaba muy dolida y tenía las lágrimas a punto,

una táctica que todas las mujeres dominan desde que nacen.

Estuvimos tres día sin vernos. Yo esperaba que ella me llamara para hacer las paces. Y ella debía de esperar que lo hiciera yo. Ya ves qué tontería: los dos deseando olvidarlo y los dos haciendo el burro para que fuera el otro quien cediera. Nos comportamos igual que los adultos.

Al final la llamé yo. «Si se hace la interesante, cuelgo y en paz. Si está colega, pues le suelto cuatro palabritas y todo arreglado.»

Estaba colega. Pero no era la misma.

–Marta, has cambiado –le dije un día–. Creía que cuando se hacen las paces, va en serio. Pero tú me guardas rencor, lo noto.

–Te equivocas, no siento rencor. Nos peleamos y los dos dijimos cosas un poco fuertes. Por mí, olvidado completamente, pero...

–Pero ¿qué?

–Que me has decepcionado.

¡Ostras, eso era demasiado! Que alguien te diga que le has decepcionado es un golpe bajo: quiere decir que tenía una idea de ti mejor de como eres en realidad.

–Soy como soy –le repliqué.

–¡Ah, no, Joel, no me vengas con lugares comunes, porque eso no va contigo! ¿Qué significa «Soy como soy»? ¿Que uno no hace las cosas que quiere hacer sino las que le impone la biología? ¿Que uno es una planta que no decide hacia dónde echar raíces? No señor: si alguien sabe que hace algo mal hecho, puede y debe rectificar. *Puede.* Porque somos personas y dirigimos nuestra vida...

–Bien, lo retiro. Como quieras. De acuerdo en todo. Pero tú no me digas eso de «Me has decepcionado», porque también es un lugar común: si de verdad te he decepcionado, es decir, si no soy como creías, no hace falta que continuemos juntos, ¿no? Y si sólo lo dices para mortificarme, o para llevarme a tu terreno, es una putada.

Reflexionó un momento.

–Tal vez tengas una parte de razón. Quizá sí te guardo rencor porque me dolió muchísimo que dijeras que te prefería enfermo... Eso fue... Bueno, fue demasiado fuerte para mí, ¿sabes? ¡Estaba tan segura de que una cosa así nunca la pensarías de mí! Por eso he dicho que me has decepcionado, no porque no vea tus demás cualidades, sino porque esto no va contigo. Y no me merezco que me digan eso.

Vaya, un sábado entero de confidencias. Yo, yendo con pies de plomo, porque Marta siempre quiere tener razón. ¡Pero, hombre, tampoco puedo dejarme avasallar!

–Eres demasiado celosa, Marta.

–Y a ti te viene bien que Mireia tontee contigo...

–¡Eso es mentira!

–Sé honesto: ¿te gusta o no Mireia?

–Pues, ya que quieres la verdad, sí, me gusta. Pero porque está buena. No como me gustas tú.

–Entonces quieres decir que yo no estoy buena...

–¡Ostras, qué ganas tienes de sacar las cosas de quicio! ¡Todo tienes que cogerlo por donde más duele!

–No, si lo reconozco, yo tengo un físico muy de cría.

La acaricié, le dije que me gustaba muchísimo y que me parecía guapísima. Que era más fina, más delicada que otras tías, pero que a mí me gustan más así. ¡Joder, la de cosas que llegué a decirle! Estaba mustia y se dejaba mimar como una niña, y al final me confesó que tenía complejo de ser tan plana. Que haría cualquier cosa para tener una buena delantera.

–Como «tu» Mireia, por ejemplo –dijo, ya sin rabia, pero con mala intención.

A partir de ahora tengo que andarme con pies de plomo con las cosas que le explico a Marta. Una lección que he aprendido: las tías son el animal más posesivo de la Tierra. ¡Pero, qué leches, Joel! Que Marta es mucha Marta y no la quieres perder.

Eso sí, ella también aprendió una lección: tendría que moderar sus celos.

En resumen: yo sería más cauto con lo que le contara y ella no demostraría tantos celos, aunque siguiera sintiéndolos. Total, que nos estábamos comportando como adultos. Nos habíamos vuelto más hipócritas. Los dos habíamos aprendido a disimular. ¡Menuda broma!

En cambio, a ella le interesaban todas las historias que ocurrían en mi clase y yo procuraba analizar para ella el comportamiento de aquellos mocosos. Uno, que cargaba con el tierno sambenito de Cabeza de Alcornoque –el pobre tío era realmente duro de mollera, y estas cosas se pagan entre los compañeros–, le era especialmente simpático, por solidaridad. Es otro rasgo propio de las tías: se ponen sentimentales en seguida. Su exclamación preferida es «¡Pobrecito!» (o «¡Pobrecita!», claro). Que yo le decía que Cabeza de Alcornoque comía tiza –tenía auténtico delirio, y el resto de la clase se moría de risa cuando algún profe decía:

«No sé qué pasa con la tiza que nunca hay en esta clase»–, entonces venga a decir que el pobre debía de tener carencia de calcio y que si los profes no se daban cuenta de nada, mi obligación era advertir a su familia.

¡Sí, hombre, de qué!

–No sabes la cantidad de críos que han descubierto que tenían un defecto en la vista porque alguien en el colegio ha observado que miraban el libro demasiado de cerca. Los padres, a menudo, no miran a los hijos. O es que los miran de otro modo, no lo sé. Pero eso lo sé seguro. Y si te da corte, al menos habla con algún profe y se lo dices.

–¿Te has vuelto loca o qué? Imagínatelo: «Señooo, que Cabeza de Alcornoque se come la tiza» –dije, con voz de falsete–. ¡Ni que fuera un tarado!

–Pues tienes que hacer una cosa u otra. ¡Pobre chico! ¿No te das cuenta de que le harías un favor?

Tercer rasgo de las tías: además de posesivas y de sentimentales, se pasan la vida protegiendo a los demás. ¡Y luego dicen que nosotros vamos de protectores!

La mayoría de los compañeros de curso eran unos tarambanas, pero yo estaba seguro de que de uno en uno mejoraban, y que no eran tan animales como vistos en tropa. Cuando alguno de ellos me hacía confidencias –y, por desgracia, esto pasaba a menudo–, yo le escuchaba para ver cómo eran por dentro y, ostras, son todos un pozo de sensibilidad y de imaginación. Pero hacen teatro. A ver quién es el más bestia. Y por dentro –la mayoría, ¿eh?, porque hay bestias de pura cepa– son unos benditos que no harían daño a una mosca.

Incluso las tías me hacían confidencias. Y también descubrí algunas cosillas. Por ejemplo, que algunas, por naturaleza propia, eran unas guarronas, que sólo pensaban en tíos y que estaban obsesionadas con su aspecto; y que en cambio, otras, por mucho que se hicieran las liberadas y las desinhibidas, eran de otra pasta, de esas que sabes que los tíos las respetarán.

Quizá me esté volviendo un poco machista; pero a mí que no me digan. Ellas y nosotros no somos iguales; estamos amasados con harinas diferentes.

El caso más intrigante era Mireia, precisamente. A veces me parecía que Marta tenía razón y que el dibujo era una excusa para coquetear conmigo –y no por mí mismo, sino por exhibirme como un trofeo ante los demás–; otras veces, en cambio, la veía como una tía muy maja y mucho más persona de lo que aparentaba. Y es que las personas somos difíciles, retorcidas, y nos pasamos la vida representando un papel: el de buen chico ante los padres, el de descerebrado con los compañeros, el de angelito con los profes, el del enrollado con las tías...

Ellas, no lo sé, pero me imagino que más o menos lo mismo.

Lo más curioso es que las tías se mosqueaban en seguida si se suscitaba el tema de lo masculino y lo femenino; pero se contradecían, porque, por un lado, se acaloraban diciendo que eran capaces de hacer todo lo que hacía un tío, porque somos iguales, y, por otro, les convenía aceptar todo eso de que son sentimentales y más tiernas y sensibles que nosotros. ¿En qué quedamos? O somos iguales, en inteligencia y facultades y, por tanto, también en sentimientos, o no lo somos, y ellas tienen unas cualidades y nosotros otras.

Ahora bien, los tíos también se contradecían, porque también defendían eso de la inteligencia masculina y la fuerza muscular que por lo visto tenemos –yo no; tal vez soy un macho atípico...–, y, al mismo tiempo, querían que se les reconociera que eran tan sensibles como las tías.

Todos estos chavales, sin saberlo, reproducían las contradicciones de los adultos, de toda la sociedad, y en el fondo seguramente no tenían clara ninguna de estas cuestiones. Al menos yo reconozco que no lo tengo claro. Pero no me gusta dejarme arrastrar por los tópicos y pensar como un borrego, es decir, repetir como un loro todo lo que oigo decir a los demás.

¡Y anda que, a los profes, déjalos correr...! Poder leer los labios iba muy bien para saber cómo pensaban en realidad. Y había que verlo para creerlo. Por ejemplo, si entraba en clase un compañero o una compañera de nuestro profe y hablaban mientras nosotros hacíamos algún ejercicio, se criticaban sin piedad: que si tal profesor ha hecho esto, si tal otra es idiota perdida, si tenemos que tomar medidas, si tal quiere que yo me encargue de todos los pequeños porque... bla, bla, bla. Pasaban de nosotros cantidad. Mientras hablaban, veías cómo la clase también pasaba de ellos. Por ejemplo, un chaval que se llamaba Augusto era un experto en copiar. Lo hacía tan bien que creo que debería patentar su sistema o dar cursos especializados. Era capaz de copiar de un compañero que estuviera en la otra punta del aula, y hacerlo sin que ningún profe lo pillara. Porque ésta era otra: para algunos profes, la caza del alumno que copia era un verdadero deporte y si pescaban a alguno, se relamían de gusto.

¡Menuda mierda todo!

Esto lo observaba para Marta, porque a mí aquel personal me estorbaba más que otra cosa. En cambio, ella nunca me contaba nada de su clase y, cuando le hacía preguntas, decía que es que no había nada que contar, que los tíos hablaban única y exclusivamente de motos, y las tías, de tíos. Y, como en el fondo me importaba tan poco la clase de Marta como la mía, lo dejaba correr. Quizá ella sí que ligaba y yo estaba haciendo el primo...

Porque a mí lo que de verdad me tenía absorbido, en mi nuevo estado de salud y de serenidad, era el dibujo. Era lo que suele llamarse un autodidacta, pero había pasado por las mismas fases que los que tienen la suerte de tener una buena preparación teórica. Primero, la obsesión de copiar la realidad, es decir, hacerlo todo calcado a como lo vemos. Después, una precipitada fase de «creatividad» en que quieres tener, de pronto, tu propio estilo, cuando aún no sabes bien si tienes estilo ni hacia qué forma de expresión te inclinarás. A continuación, la fase de las dudas y del «No sé nada de nada». Y, finalmente, obstinarse en una especialidad del dibujo, como si hubieses descubierto la sopa de ajo.

Yo estaba en esta última fase.

Y creía haber descubierto mi especialidad.

Estas cosas a veces dependen de una película que has visto o de algún dibujo en concreto que te ha impactado. Por ejemplo, en mi caso, el detonante fue *Si yo fuera rey*, el cómic más extraordinario que he visto hasta ahora. El autor, Robert Crumb, era mi ídolo. Usaba plumilla y tenía un trazo que, en mi opinión, alcanza la máxima expresividad. Me parece muy próximo a la estética de Woody Allen.

También flipaba con Richard Corben, que hacía unos montajes a partir de fotografías que eran demasiado, porque lo que el dibujante teme precisamente es que le digan: «Parece una foto...», una frase que sueltan todos los cretinos cuando ven un buen dibujo figurativo. Pues Corben coge el toro por los cuernos y se mueve a partir de fotografías. El resultado es sorprendente y muy creativo.

Pero quien de verdad me gustaba era el dibujante francés Moebius; era mi maestro. Con una simple línea podía representar cualquier cosa. Y fue de él de quien aprendí el dominio de la plumilla.

Estaba claro que mi especialidad sería el cómic. Porque la pintura me gustaba muchísimo, pero para mirarla. Yo quería dibujar. Era lo que más me interesaba en el mundo. Y el mundo de los cómics me enseñó una nueva dimensión del dibujo: el dibujo cinematográfico. Es decir, la sucesión de viñetas te permite dibujar no sólo creando secuencias, sino con movimiento de cámara, como en el cine. Tienes que planificar la tira, la página, de manera que enfoques planos cortos o planos largos, picados y contrapicados; y, aunque no puedes hacer *travellings,* sí puedes, de repente, alejarte de la escena y pasar a un plano general de una calle o de toda una ciudad.

Me gustaba también porque, a menudo, se sitúa la acción en ambientes urbanos, donde yo me muevo muy bien como dibujante.

Lo que aún no había conseguido eran los tipos humanos. Me limitaba a copiar, especialmente a Moebius, o bien el tono caricaturesco de Crumb. Y la plumilla es alucinante. Por eso era lo que más trabajaba: caras, figuras, que tuviesen una unidad de estilo pero que fueran distintas unas de otras.

Me pasaba horas y horas sin llegar a cansarme nunca.

A veces me salían unos tipos excesivamente alargados, durante una fase que yo, en un ataque de pedantería, denominaba «fase Greco». Pienso que era debido a mi propio físico, a aquella imagen larguirucha y filiforme que veía reflejada en el espejo y que tanto me torturaba.

Y que conste que desde la operación comía como una lima, y aquella desgana y aquella anemia habían desaparecido.

Por fin, poco después de haber cumplido los dieciséis, el doctor Delgado aprobó que fuera a un gimnasio. Pero tenía que llevar una carta suya con algunas recomendaciones.

–¡Y nada de saunas!

¿Saunas? ¿Para qué quería yo una sauna?

¡Yo quería hacer músculos!

Pero las pesas me fueron terminantemente prohibidas.

–Al menos por ahora. Dentro de un año, ya veremos.

Lo que él recomendaba era la natación, que es un deporte que detesto. Al final tuve que conformarme con unas tablas de gimnasia bastante suaves, y en el gimnasio donde me apunté me colocaron en una clase que era para carrozas.

Fue inútil protestar. El doctor Delgado fue inflexible. A un tío que ha estado tan jodido como yo os aseguro que, por más rabia que le dé, nunca se le ocurrirá desobedecer al médico. Sobre todo al médico que lo ha curado.

–Natación, bien; danza, también; gimnasia de mantenimiento vale. Ping-pong, si quieres. Hasta equitación. Pero de deportes competitivos, que implican esfuerzo torácico o pulmonar, ni hablar.

–Todos estos deportes son una mierda –le contestaba yo, humillado y amargamente resignado.

–Te queda el ajedrez. También es un deporte, ¿no?

Para matarlo.

Y papá, tan indignado como yo mismo, también lo hubiera matado.

¿Y sabéis qué hizo papá? Se solidarizó tanto conmigo que, con la excusa de que estaba fláccido y barrigón, se apuntó al mismo gimnasio que yo y en el mismo curso que yo. Él no desentonaba. Yo sí.

Pero nos lo pasábamos de maravilla, cada día, de siete a ocho de la mañana.

XI

El curso siguiente, las cosas mejoraron. Poder ir al instituto y que se me autorizaran los deportes fue como si se me abrieran nuevos horizontes. No me mortificaba mi retraso, como ya he dicho, pero había situaciones humillantes. Sobre todo con Marta. A ella no sólo no le importaba que yo fuera tan atrasado con respecto a ella, sino que conocía los motivos y por eso estaba contentísima de cómo recuperaba el tiempo que había estado aparcado en cama. A ninguno de los dos nos importaba. Pero entre nosotros. Porque cuando nos presentaban a alguien e, inevitablemente, éste o ésta preguntaba qué hacíamos, Marta eludía decir en qué curso estaba yo. Yo lo entendía, porque sabes que el otro pondrá cara de sorpresa y no tienes por qué andar dando explicaciones a todo el mundo, pero en estas ocasiones sí me mortificaba ir tan atrasado. No es que me amargara, porque yo pasaba una época de mucha serenidad, pero me daba que pensar.

Por ejemplo, pensaba por qué, si Marta lo tenía tan claro, tenía que hacer teatro con los demás. Y de aquí pasaba a considerar mi relación con ella. Estaba colado por ella, de eso no tenía ninguna duda. Pero... me sentía atado, ésta es la palabra exacta. Me alegraba muchísimo verla y si algún día, por el motivo que fuera, no nos veíamos, la echaba de menos. La necesitaba, en todos los sentidos. Pero a la vez tenía la sensación de haberme supeditado demasiado a ella. Un hecho evidente es que yo no tenía amigos. ¿Por qué? Porque cuando vas siempre en pareja, la gente se olvida de ti. A veces envidiaba la espontaneidad de los grupos de tíos y el cachondeo que montan, una cosa que yo nunca había experimentado, porque las burradas de la infancia son otras.

No toda la culpa era de Marta, porque los amigos normalmente los haces entre los compañeros, y la diferencia de edad, en mi caso, me impedía encontrar gente de mi misma mentalidad.

Pero es que, además, a menudo Marta y yo no teníamos ya de qué hablar. Como si fuéramos un matrimonio viejo y aburrido. Cada uno conocía todos los pasos del otro, y nos habíamos explicado nuestras ideas mutuamente docenas de veces. Así que, cuando salíamos, nos metíamos en un bar, hacíamos manitas, nos dábamos algún beso, hablábamos de cosas intrascendentes y, con frecuencia, nos encontrábamos encerrados cada cual en su mutismo. Era una situación inquietante. Quizá ambos éramos demasiado jóvenes para tener una relación estable como la nuestra; tal vez habíamos quemado la fase de hacer un poco el fantasma y armar jarana. Yo no digo que no fuéramos un poco especiales, porque lo cierto es que no nos parecíamos a nadie, ¡pero de esto a pensar y actuar como si tuviéramos veinte años o más...!

De todo esto no me atrevía a decirle ni palabra a Marta, porque la conocía lo suficiente para saber que se alteraría, que pondría en duda mis sentimientos. Con papá sí lo comenté, pero sólo superficialmente, y él se limitó a decir que éramos demasiado jóvenes y que yo necesitaba distraerme, divertirme.

–No me conviene decírtelo, como padre que lo que quiere es que su hijo sea sensato, pero a tu edad deberías estar haciendo alguna que otra gamberrada...

Y nos reíamos y lo dejábamos así.

Pero la cosa me seguía corroyendo por dentro.

Lo que estaba claro es que yo no podía pasar de ella.

Me hubiese gustado tenerla, pero un poco más dosificada. Y, sobre todo, que no me hiciera tantas preguntas, que no quisiera saber todo lo que hacía.

Por eso digo que el instituto me abrió nuevos horizontes. Hice algunas amistades de gente de tercero de BUP y COU, y aquel ambiente era más apropiado a mi edad. No es que no hubiera cretinos, que los hay en todas partes, pero podías encontrar gente con la que hablar a gusto.

Lo curioso era el tipo de gente con la que congeniaba. Por ejemplo, yo tengo claro eso del nacionalismo, desde siempre. En mi clase había un grupo de las Juventudes de no sé qué partido, que por menos de nada te sacaban la bandera y hacían una pintada. Eran buena gente, sin duda, y era curioso verlos y oírlos cuando ganaba el Barça o cuando había habido algún concierto de rock en catalán. Bueno, nada que objetar. Pero, no sé... Me parecían demasiado cumbayás, los veía demasiado monotemáticos, siempre hablando de lo mismo. En el mundo hay más temas que Cataluña, ¿no?

En cambio, congenié bastante con un tipo que se llamaba Ramírez, español, español, pero no de esos fachas que van de anticatalanes, sino que era español de mentalidad, de lengua y de todo. Eso sí, respetaba a Cataluña, pero yo creo que él no veía ninguna necesidad de integrarse. Sobre este punto habíamos discutido, civilizadamente, y por lo que entendía, el que llega de fuera lo tiene negro. Parece como si les pidiéramos que hicieran siempre declaraciones de catalanidad, y eso puede resultar humillante. La verdad es que este país nuestro no tiene ni la fuerza ni la solidez necesarias para prescindir de la propaganda activa, y el que llega de fuera, en lugar de integrarse con naturalidad, se siente forzado a hacerlo.

Yo intentaba entenderlo, y él a mí también. Porque, aparte de eso, teníamos muchas cosas en común. Mi afición era el dibujo y la suya, la informática, dos cosas muy distintas pero que, al ser auténticas obsesiones, nos hacían comportarnos de manera similar. Ramírez era un tío tímido, que daba la impresión de no ser demasiado espabilado, a pesar de lo cual siempre sacaba unas notas excelentes. Era muy cerrado, pero conmigo hablaba sin recelos. Tenía su vida perfectamente planificada y, si bien no se sentía catalán, no tenía intención de irse a vivir a otro sitio.

–Yo sé que mis hijos, si los tengo, serán catalanes de pura cepa. Y no me sabe mal. Pero yo, la verdad, Joel, no quiero sentirme como si fuera de un pueblo inferior...

–¡Yo no creo en absoluto que seas de un pueblo inferior!

–Tú no, pero la mayoría sí lo cree.

–Te equivocas. Además, no hay pueblos inferiores ni superiores. Somos diferentes y punto. La mayoría lo que quiere es precisamente que no nos traten como a inferiores, y nuestra lengua, como secundaria y superflua.

–Y tenéis toda la razón. Y yo, en vuestro caso, haría lo mismo.

–Mira, si esto fuera Alemania o Inglaterra, tú hablarías alemán o inglés y te sentirías igualmente lo que te diera la gana, pero estarías integrado. Pero como nosotros no tenemos el mismo rango que ellos...

–Es que, Joel, joder, si esto fuera Alemania o Inglaterra, yo tendría *necesidad* de integrarme...

–Ni más ni menos: ésa es la cuestión.

Aparte de estos temas, él me contaba sus planes profesionales. Se moría por hacer la carrera de Informática, pero no estaba seguro de poder permitírselo. Y estaba decidido a ganarse la vida cuanto antes y lo mejor posible.

–A lo mejor crees que soy un pesetero, pero quiero tener dinero. No ser rico, ¿eh?, que eso ya sé que no voy a serlo nunca, pero sí disfrutar de lo bueno. ¿Sabes qué me pasa cuando cojo el último metro, el de las once? Miro a la gente, la cara que llevan. ¡Están todos cansados! Y la mayoría es gente modesta. No puedo evitar pensar que ni tienen ni tendrán nada bonito en la vida. Una mujer que va medio dormida, envejecida y fea, nunca tendrá un vestido bonito; un hombre con las manos callosas de tanto trabajar no tendrá nunca un buen coche; o un joven que no tendrá nunca la moto soñada; o un niño que no estudiará porque no podrá. Y, al tener que renunciar, se les embrutece el gusto. Di, ¿te imaginas a alguien así disfrutado de una cantata de Bach?

–Hombre, a mí no me va mucho la música sinfónica, la verdad.

–¡Pero es una opción tuya! Ninguno de los que yo digo ha podido escoger, ni podrá escoger nunca. Les gusta Manolo Escobar porque es lo único a lo que han tenido acceso. Quizá si se hubiesen detenido a escuchar otras músicas, sus inclinaciones naturales serían distintas.

–Eres un revolucionario, ¿eh?

–Quizá sí. Lo que me indigna es la injusticia, la desigualdad. Y aún me indigna más que todos la aceptemos como si no hubiera remedio... ¿No ves que ya desde pequeños estamos marcados?

Ramírez, en muchas cosas, era mucho más maduro que yo. Y muy reflexivo. Pasar inadvertido no sólo no le molestaba, sino que incluso le gustaba.

Otro amigo que hice era un tío de dieciocho años que iba al mismo gimnasio que yo. Se llamaba Gustau y también había estado enfermo. Mejor dicho, había sufrido un accidente de moto y había estado muy fastidiado. Bueno, aun habiéndose hartado de los ejercicios de recuperación, cuando estuvo bien le ocurrió como a mí: que quería hacer músculos.

Gustau había aprovechado su inmovilidad para dedicarse a la música. Tocaba la guitarra bastante bien, especialmente la guitarra acústica, y había pasado de los estudios. Tenía un montón de teorías sobre la música pop, y estaba seguro de que, si llegaba a formar un grupo lo bastante coherente, podía arrasar en el mercado discográfico. Lo que pasa, decía, es que es un tema muy difícil y hay un montón de gente consagrada que lo controla todo.

Cuando supo que había estado a punto de aprender guitarra para matar el aburrimiento, se escandalizó.

–¡La guitarra se siente o no se siente, tío! Se siente en la garganta, se siente en el pecho, se siente en las manos y en los pies. Mira, es como parte de tu persona, como una prolongación de ti mismo. Cuando las notas resuenan dentro, es una sensación increíble.

Gustau había aprendido solo y tenía la extraña teoría de que era la única manera de tocar bien. Decía que en las escuelas de música te enseñan la técnica y que puedes incluso llegar a tocar muy bien, pero que nunca harás arte.

–Hombre, si eres artista y encima te enseñan la técnica... –decía yo, que no estaba nada convencido de que sólo valiera la espontaneidad.

Aparte de la guitarra, a Gustau le molaban las tías cantidad. Siempre tenía una u otra y se cachondeaba de mí a causa de Marta.

–¿Tú de qué vas? ¿Una tía y basta? ¿Dónde está la variedad? ¡Hombre, tío, que siempre el mismo plato, cansa!

–Eres un machista asqueroso –le decía yo de mala gana.

–¿Y qué? Los machos tienen que ser machistas y las féminas, feministas.

A pesar de tener ideas tan distintas, a mí Gustau me divertía y siempre me daba una especie de inyección de optimismo. La vida para él era muy simple. Y, eso sí, la guitarra era más que la familia, más que las tías, más que la amistad. Era un universo sagrado al cual él tenía acceso. Y en esto si que no era nada frívolo.

Una tarde que volvía del gimnasio –porque, desde que podía hacer musculatura y cosas normales, papá se borró y entonces ya no hacía falta madrugar tanto–, me encontré a Lurdes en la calle Consell de Cent. Se puso tan contenta de verme que me invitó a charlar un rato en un bar.

Yo me sentía también feliz de verla. Tan guapa o más que de costumbre, pero con un aire distinto. Como si tuviera más seguridad en ella misma. O quizá era el hecho de encontrármela por la calle y no en el ambiente familiar de mi casa, donde nos habíamos visto siempre.

Antes que nada quiso saber cosas de mi salud y de mi vida. Me miraba, mientras le hablaba, con los ojos brillantes, feliz por todo lo que le explicaba y como si se sintiera orgullosa de mí. ¡Ostras, nos unían tantas cosas a Lurdes y a mí! Cuando acabé de hablar de mí, me hizo hablarle de papá.

–Hostia, Lurdes, no sé qué decirte. No sé si piensa en ti o no. Pero lo ha superado, eso sí.

–Creo que fui idiota al dejarlo. ¡Me he arrepentido tantas veces!

–¿Qué pasa? ¿Es que no hay teléfonos o qué? ¡No me digas que el orgullo te ha impedido llamarle!

–Hombre, para dar un paso así tenía que estar muy segura. Una persona no es una cosa que puedas dejar cuando te cansas de ella o volver a coger cuando te apetece...

–Estás cargada de manías.

–¿Y Marta? ¿Seguís juntos?

Me sentí como un cerdo, un traidor a Marta, porque lo que hice con mi amiga Lurdes fue hablarle con sinceridad, decirle todo lo que pensaba. ¡Era tan fácil hablar con ella! Sabía que era capaz de entenderlo y sabía que me diría lo que debía hacer. Sí: me portaba como un cobarde, por traicionar la confianza de Marta en mí y por apoyarme en Lurdes, pero habíamos compartido horas de confidencias, ella y yo, y era la única persona adulta que razonaba de una manera no tópica, a mi medida.

Me escuchó con aquella atención que, ya por sí sola, hacía compañía, y me hizo algunas preguntas, diciendo de antemano que, si eran demasiado personales, no las contestara. Al final me dio su opinión:

–Marta no es posesiva, todo lo contrario. Creo que es una tía muy sana y muy legal. Lo que pasa es que ser pareja significa eso: caminar juntos por la vida, compartirlo todo. Ella lo tiene claro y lo malo es que cree que tú también. Déjate de historias y de pensar si su reacción será ésta o aquélla. Tienes que sincerarte con ella. Tienes que decirle exactamente lo que me has dicho a mí: que la quieres mucho, pero que te sientes atado. Ella es inteligente y muy tierna, y aunque de momento le duela, cuando reflexione creo que será capaz de entender tu desazón, tus naturalísimas ganas de vivir y seguir con un proceso de maduración que la enfermedad ha retrasado.

–¡Ostras, Lurdes, suena tan mal! Imagínate: «Marta, te quiero, pero estoy harto de ti».

–¿De verdad es eso, Joel? ¿De verdad estás harto?

–No. Sí. No lo sé.

–Pues aclárate. Porque si estás harto de ella, corta en seguida. Si no, le harás daño. Y herir a otra persona por pereza, por indecisión o por un exceso de consideración es fatal.

–Pero es que también la necesito.

–¡Pues díselo!

¡Ayudaba tanto hablar con Lurdes!

–¿Y la peluquería? –pregunté para cambiar de tema.

–¡De puta madre! Gano bastante dinero. Estoy pensado en ampliar y todo...

–Eso te ha ayudado, ¿verdad? Quiero decir a superar el mal trago del divorcio y la historia de mi padre...

–¡No lo sabes bien! Es lo primero que hago por mí misma. Me siento un individuo, no sé cómo decirlo; no como una mujer divorciada, ni una pobre tía que ha ido de un fracaso a otro. Soy todo eso, pero soy yo. Un individuo que se llama Lurdes, que soy yo, que hace cosas y que planifica y controla su vida.

–En el fondo, este deseo de ser tú misma fue lo que te distanció de papá, ¿verdad?

–Víctor es un hombre maravilloso, Joel. La mejor persona que he encontrado en mi vida. Pero era demasiado fácil. Era mi refugio, mi protector. Me impedía ser este individuo, sin querer él constreñirme intencionadamente. En el fondo, me pasaba con él lo que te pasa a ti con Marta. Querer es una necesidad, bien que lo sé, pero hay que pagar un precio a cambio...

Luego hablamos del dibujo, de mis planes de dedicarme al cómic, de mis historias, las más personales, las que no podía compartir con nadie.

–Ahora estoy obsesionado por las sombras. ¿Ves? –proyecté una sombra sobre la mesa con la mano–, según de dónde viene la luz, condiciona todo el cuerpo, todo el sólido que dibujas. Una imagen varía completamente según desde dónde la ilumines. ¡Y depende de ti! Tú puedes poner la luz arriba, en un ángulo, donde quieras. Sólo tienes que ser coherente y respetar los juegos de luz. Y luego está la sombra, la sombra que forma el cuerpo, cualquier objeto. ¡Es fascinante observar las sombras! ¿Lo has probado alguna vez? ¿Y sabes qué? La sombra no es negra, tiene su color...

Cuando nos dimos cuenta hacía dos horas que charlábamos. En casa, cuando estaba en cama y era mucho más crío, habíamos tenido conversaciones, pero ninguna como ésta: era una conversación única, irrepetible con nadie más.

Ahora ya no me sentía un traidor por hacerle confidencias sobre Marta.

–¿Sabes, Joel? A veces entraba en tu habitación cuando estabas con Marta, a guardar ropa o a llevarme la bandeja de la merienda, y, por más que quisiera evitarlo, os oía hablar. ¡Ostras, era increíble! Dos críos como vosotros y teníais conversaciones que muchos adultos no han tenido nunca. Filosofabais sobre todo: sobre las matemáticas y sobre la vida, sobre el sentido de las cosas, sobre política, sobre ética... Era maravilloso ver a un enfermo atrasado en los estudios y a una muchachita de primero de BUP manteniendo aquellas conversaciones... Os envidiaba, por vuestra juventud y vuestra profundidad.

Pero se hacía tarde y teníamos que poner punto final a aquella charla tan especial. Me decía a mí mismo: «¡Qué pena que tenga que acabarse! Porque sé que una conversación así no volverá a repetirse. Con Lurdes no puedes quedar para salir, tío. Tienes que esperar el improbable azar de volver a encontrarla otra vez por casualidad... Y en ese caso quizá no vuelva a surgir este *feeling* entre ella y yo, este buen entendimiento que ha habido hoy».

Nos despedimos en la calle. Me dio un largo y amistoso abrazo.

En aquel abrazo, sentí algo más que amistad.

Soy un mierda: tuve una erección. Soy un miserable. Aunque no lo pudiera evitar, soy un miserable.

Ella lo notó y se separó de mí enseguida. En su despedida, con la mirada extrañada, me dijo un adiós que no quería decir «hasta pronto». Quería decir adiós.

Soy un mierda.

XII

Tardé mucho, muchísimo, en sincerarme con Marta. Me martilleaban dentro las recomendaciones de Lurdes, pero nada: le daba largas. Y la hacía sufrir, porque se notaba a la legua que yo ya no era el mismo de antes con ella. «¿Cómo se entiende esto, Joel? –me decía a mí mismo–. Estás loco por ella, la necesitas, es la única tía que de verdad te interesa. Estás hecho un lío, tío. ¿Qué es esta desgana, este aburrimiento? ¿No eres capaz ni de poner en claro tus propios sentimientos?»

Sí, me hacía reproches a menudo, pero seguía fingiendo que no pasaba nada. Y no es que ella no me interrogara, porque lo hacía a menudo. Y sufría. Lo notaba yo y lo hubiera notado un ciego. Tuvo mucha paciencia conmigo.

Me decidí, por fin, el día que cumplí dieciocho años. Estaba sólo en segundo de BUP. Y ya tenía un estilo de dibujo definido.

Papá nos invitó a Marta y a mí a comer en un restaurante, para celebrar mi mayoría de edad. Como ella sólo hacía un mes que los había cumplido, papá dijo que celebraríamos los dos aniversarios juntos. ¡Incluso tuvo la idea de encargar un pastel de esos monumentales, llenos de velitas, que sacan entre dos camareros con las luces del comedor apagadas!

Había invitado también a una amiga suya. Se llamaba Roser y salían de vez en cuando. Roser era una mujer muy tímida, nada guapa, un poco monja de aspecto, y un verdadero pedazo de pan. Papá no estaba colgado de ella, eso se le notaba, pero iban haciéndose el uno al otro y quizá hasta acabarían juntos. No era una historia de amor, sino una plácida amistad que tal vez les convenía a los dos. No lo sé. De momento, sin embargo, no parecían haber hablado de nada serio entre ellos.

Con su personalidad gris, Roser era como si no estuviera. La pobre no metía baza, pero estaba, eso sí, siempre dispuesta a ser servicial.

El almuerzo fue estupendo y cuando, después del número del pastel y del aplauso de todo el comedor, Marta y yo nos levantamos para cortar el pastel, al estilo recién-casados-montando-el-numerito, ella sonrió, puso su mano sobre la mía, cogiendo el cuchillo entre los dos, me miró de un modo extraño y dijo:

–Tenemos que pedir un deseo, ¿no? Va, Joel, formula tu deseo.

–¿Pero hay que decirlo en voz alta?

–Éste, sí.

Por suerte, los demás comensales ya se habían desinteresado de nosotros.

–Bueno, pues mi deseo es que todo esto del dibujo funcione. ¡Que encuentre trabajo como dibujante! Ya está.

Ella frenó ligeramente la mano, porque iba a pronunciar su deseo. Lo hizo con una voz dulce, tranquila, como quien dice: «Que haya paz en el mundo» o algo parecido. Dijo:

–Para que Joel sea valiente y honrado conmigo.

Y cortamos el pastel.

Papá disimuló, como si no hubiera oído nada, y se apresuró a levantar la copa de cava para brindar. Roser miraba al plato. Yo parecía un pasmarote, con el cuchillo en la mano, sin decidirme a cortar las raciones correspondientes. ¡Joder, cómo me dolió! Y me dolió porque Marta tenía razón. Ya era hora de que fuera valiente y honrado. Era exactamente lo que Marta se merecía. Y lo que yo creía merecer: decir la verdad.

–De acuerdo, Marta, lo siento.

Ella calló, me miro –yo notaba su mirada a pesar de tener la cabeza gacha– y se sentó. Me tiró de la manga para que yo también me sentara. Papá empezó, precipitadamente, a hablar de naderías con Roser.

–Quieres que lo dejemos correr, ¿verdad? –No había sombra de reproche en su voz.

–Sólo temporalmente.

–¿Temporalmente quiere decir que me pides que te espere con los brazos cruzados mientras tú te aclaras? –Ahora sí que había una leve irritación en sus palabras.

–No. Que me esperes, no. Que lo entiendas.

–Es fácil de entender.

–No es lo que tú crees, Marta. Yo te quiero. –Bajé la voz tanto como pude. Al fin y al cabo estábamos en un lugar público y estaban presentes papá y Roser.

–Lo sé, Joel. Pero quieres hacer tu vida. Solo. ¿No es así?

Asentí con la cabeza y ella se levantó, le dio un beso a papá y otro a Roser, completamente serena, y se marchó.

Por un momento estuve tentado de correr tras ella. ¡Estaba dejando escapar a una tía cojonuda, igual que papá había dejado escapar a Lurdes!

Cuando volvíamos a casa, después de dejar a Roser en la suya, papá dijo algo así como que él y yo no teníamos suerte con las mujeres.

–¡Ay, papá! Me parece que la suerte no tiene nada que ver. Lo que pasa es que soy un gilipollas y un soplagaitas.

–Gilipollas y soplagaitas: una combinación perfecta...

Me hizo reír, que es lo que quería. Papá no había renegado –al menos delante de mí– en la vida.

Pasé un par de semanas zombi perdido. Iba a clase, dibujaba canturreando, me metía en el cine, en cualquier cine, a media tarde, veía la televisión...

Hasta que hice acopio del valor suficiente para pensar en Marta. Me eché en la cama, con las manos bajo la nuca, y repasé nuestra relación: cómo la había conocido, gracias a Esther y por iniciativa de ella, de Marta, con aquella carta que me mandó; cómo nos volcamos el uno en el otro; cómo me cuidó cuando estaba jodido; todo lo que me enseñó; su honestidad, su ternura; y también sus celos, sus preguntas interminables, su insaciable curiosidad por todo lo que hacía o pensaba; la pelea que tuvimos a causa de Mireia –¿qué habría sido de aquella chica? No había vuelto a verla en el instituto...–; el día que le di un beso al que correspondió desde el fondo de su alma, y la mirada que cruzamos. Los dos sabíamos que haríamos el amor, y yo no quería que ella notara que era inexperto, completamente inexperto, y que estaba asustado; pero en su mirada había su propia inexperiencia y su propio miedo y, sin palabras, nos dijimos que en aquello estábamos solos en el mundo: solos ella y yo, y que ambos sabíamos y deseábamos lo que iba a pasar, y ambos sabíamos que el otro estaba asustado. Aquella mirada no volveré a compartirla jamás con ninguna mujer, eso seguro. Y aquel primer acto de amor nuestro, de amor total, será el más importante de mi vida, pase lo que pase y conozca las mujeres que conozca.

Y me eché a llorar, abrazado a la almohada, gritando su nombre.

Después de esta crisis, me sentí, de repente, nuevo, como si me hubiesen vaciado de miserias y me hubiesen limpiado por dentro. Como cuando me arrancaron las malditas válvulas del corazón, inservibles, y me pusieron unas nuevas, y ahora el corazón obraba el milagro de bombear sangre a todo el cuerpo.

¿Podrás caminar solo por la vida, Joel?

Al menos, tienes que intentarlo.

Cuando papá estuvo tan mal por lo de Lurdes, lo salvó el ascenso en el trabajo. A mí me ocurrió algo parecido.

Porque conocí a un tipo que se llamaba Llamas, Alfred Llamas, de una manera completamente casual. El caso es que yo, con mi carpeta de dibujos y un *book* bastante bueno –mal me está el decirlo–, pisaba de vez en cuando despachos de todo tipo buscando trabajo. Ya sabía que no había acabado los estudios, pero estaba harto, quería hacer mi vida y no tenía paciencia para esperar más. Como no encontraba nada, me decía que, puesto que el «no» ya lo tenía, continuaría los estudios mientras intentaba colocarme.

La mayoría de las veces iba a editoriales que publicaban algo relacionado con el cómic. No estaba lo bastante loco para pretender que alguien quisiera publicar un cómic de un total desconocido como yo; pero suponía que en algún sitio podría interesarles una página periódica, o al menos una tira. Si tenía que ser cómica, de acuerdo, me conformaba, aunque no fuera exactamente lo que quería, pero todo era cuestión de empezar.

Una semana después de haber cortado con Marta y haber recuperado un poco el sentido, me dejé caer por la redacción de una revista satírica, con resignación anticipada.

Y, mira por dónde, tuve suerte, porque el director de la publicación salía en aquel momento de su despacho acompañado de otro tipo, y lo abordé.

–Será sólo un momentito. Eche un vistazo a mis dibujos, un simple vistazo.

El director y el otro tipo me hicieron entrar en un despacho y hojearon juntos mi *book*. El otro tipo era Llamas.

Lo miraron a fondo, tengo que reconocerlo.

Llamas estaba de pie, detrás de la butaca del director, y de repente se inclinó y le dijo a la oreja de éste:

–No está mal... Recuerda vagamente a Moebius...

¡Hostia! ¡Aquello era tener ojo clínico! Me sorprendió tanto la sagacidad de aquel hombre –en el mundo del dibujo hay muchos fantasmas– que olvidé la prudencia –es decir, que yo había leído sus labios, pero tenía que simular que no me había enterado– y salté:

–Es mi maestro, pero no lo imito, que conste. Al menos conscientemente.

Se quedaron tan sorprendidos que, literalmente, me miraron los dos con la boca abierta.

–¡Sí que tienes el oído fino, chico!

Me puse rojo como un pimiento, diciéndome: «¡Joel, tío, has metido la pata hasta el fondo!», y seguí en un murmullo:

–Es que sé leer los labios...

Llamas se enderezó y me estudió con detenimiento.

–¿Es que eres sordo?

–No, no soy sordo. He estado mucho tiempo enfermo y me entretuve aprendiendo, sólo para pasar el rato.

–¿Qué sabes de dibujos animados? –dijo, sin dejar de escrutarme.

–¿Dibujos animados? Ni papa. Bueno, que hay unas plantillas y que...

–No, eso no. Eso se aprende en seguida. Quiero decir, ¿qué te parecen los dibujos animados? ¿Te gustan?

–No mucho, la verdad.

–¿Por qué?

–Hombre, son infantiles. El *manga* japonés me interesó durante un tiempo, pero no es mi estilo. –Ostras, volví a ponerme como un tomate por decir aquella estupidez de «mi estilo», como si fuera un dibujante consagrado.

–¿Nunca has visto dibujos animados para adultos?

–¿Qué?

–¿Eres tonto o qué? Que si has visto dibujos animados para adultos...

–Alguna vez, en la televisión. Los Simpson, por ejemplo. Ah, y en el cine, algún corto. Hecho con ordenador, muy realista...

–¿Qué opinas de la plumilla?

Ése sí era mi terreno. Me rehíce e improvisé una

especie de conferencia, que creo me salió demasiado apasionada. Al acabar, silencio. Los dos me miraban. ¡Glub!

Entonces me hicieron salir fuera. Y me quedé sentado en un sillón que se hundía estúpidamente y me hacía parecer bobo e insignificante. La secretaria me echó una ojeada distraídamente y se olvidó de mí.

Cuando volvieron a llamarme, Llamas estaba sentado en la silla donde había estado yo antes. Habló él todo el rato:

–Verás, tu tipo de dibujo no tiene nada que ver con las historietas cómicas que se hacen en esta casa. Tampoco tiene nada que ver con el trabajo que llevo a cabo yo –y se señaló el pecho con el dedo gordo–, al menos el que he realizado hasta ahora. Pero me interesa que sepas leer los labios. Verás: tenemos un encargo, muy importante, para producir dibujos animados para adultos. Hemos elaborado un proyecto, que nuestro cliente ha aprobado, según el cual haremos un dibujo muy realista, con historias también muy realistas. El personaje central es un detective, un tipo que se llama Marc Batalla. Cada historia dura quince minutos, y estamos a punto de firmar un contrato con televisión para seis meses, con una periodicidad semanal. Tenemos todavía un año de plazo, pero hemos tropezado con algunas dificultades. Verás: en los dibujos animados, el movimiento de la boca es absolutamente irrelevante. Pero este tipo de dibujo es muy realista y hay bastantes primeros planos. Y para nuestro cliente es muy importante que se note que se trata de una producción en catalán. Por lo tanto, hemos contratado a un sordomudo para asesorar al equipo de dibujantes, un equipo que forman unas ocho personas. Todo el trabajo se hace a mano, nada de ordenadores, salvo para los efectos especiales, que eso ya es otro cantar. Bueno, el sordomudo en cuestión ha resultado un fracaso: apenas sabe catalán. Probamos con otro, y era incapaz de explicar a los dibujantes lo que nosotros queríamos que explicara. Y ahora tenemos a una chica que funciona bastante bien, pero está a punto de tener un hijo y quiere dejarlo. Además, le importa un pito el dibujo. Total, que nos vendrías bien. Para trabajar de aprendiz y cobrar poco. ¿Qué haces, aparte de esto? ¿Estudias?

Yo estaba tan abrumado que no pude ni contestar. Me sentía como cuando acudí al gimnasio por primera vez después de la enfermedad y al día siguiente tenía unas agujetas horribles por todo el cuerpo; pues ahora sentía agujetas en el cerebro, palabra de honor.

–Pero si apenas... Quiero decir que no lo he hecho nunca... Vaya, que no conozco la técnica... De hecho...

–Pero ¿qué te has creído? ¿Que te contrataré como dibujante? ¿A un don nadie como tú? Harás copias y más copias sobre plantilla. Y dibujos orientativos del movimiento de los labios para los primeros planos. Los franceses ya han hecho este experimento y les ha salido redondo: esa *i* tan cerrada que tienen, con los labios en forma de embudo, es la cosa más francesa que te puedas imaginar. Por no hablar de los número uno, los japoneses, como siempre, con *Akira*...

Volví para casa medio mareado y al llegar, armado de paciencia para explicárselo a papá, me di cuenta de que aún faltaban dos horas largas para que saliera del trabajo, pero estaba tan nervioso que lo esperé en la calle.

Cuando llegó, yo iba contándoselo por la escalera, sin parar, atropelladamente, y el pobre intentaba entender el galimatías de palabras desordenadas que salía de mi boca.

–... es de ocho a dos, así que puedo hacer clases nocturnas. Por los estudios, no te preocupes, que no me cuestan nada, y puedo estudiar los fines de semana. Además, el nocturno tiene menos asignaturas. Es poca cosa, pero tendré un pie dentro y en una productora muy importante, y cuando vean que valgo, poco a poco, porque no quiero pasarme la vida haciendo copias, pero cuando se den cuenta...

Se alegró, claro, y no dejaba de repetir: «Quién iba a decir que la tontería esa de aprender a leer los labios para no aburrirte... Hay que ver cómo es la vida».

Empezaría en seguida y tendría que currar todo el verano.

–Total, para las vacaciones que hacemos tú y yo... Una o dos semanas en la costa, y listo. Además, ahora tenemos aire acondicionado en casa. Y yo siempre lo he dicho: Barcelona es una delicia en agosto; es como si tuvieras toda la ciudad para ti –decía papá a la hora de cenar.

–No hace falta que te quedes por mí. Veranea por los dos, hombre. Aquí te aburrirás. Mira, ¿por qué no vas a algún sitio con Roser?

–No se me ocurre adónde ir con Roser, la verdad...

Y de pronto se echó a reír de una forma pegadiza, sin querer decirme el motivo hasta que insistí.

–No, si no es nada –decía, enjugándose los ojos, llorosos de la risa–. Es que de repente me he imaginado a Roser en bañador...

¡Ostras, cómo me hubiese gustado poder contárselo a Marta! ¡Compartir con ella lo de mi nuevo trabajo!

Vamos, Joel, ¿no habíamos quedado en que podías caminar solo por la vida? ¿Qué es lo que quieres? ¿Pasarte la vida pegado a unas faldas?

A finales de agosto y principios de septiembre estaba tan integrado en el equipo de Llamas que me gustaba pensar que no podían pasar sin mí, aunque era evidente que era yo quien no podía pasar sin ellos. Aprendí la tira de cosas. No era cierto que no utilizaran el ordenador y me apliqué a ello en serio –de esto estaba pez–, pero el trabajo básico era con plumilla. ¡Eran tan cojonudos! Bueno, no todos, pero la mayoría. Por ejemplo, un tío que se llamaba Ponç, el más creativo del equipo, era un tipo fantástico. Y eso que a primera vista parecía un colgado, uno que no se entera de nada. Pues era la hostia. Con unas ideas y una vista únicas. También me caía bien otro que se llamaba Aixalà, que era experto en técnica cinematográfica. Y una tía que se apellidaba Llopis, valenciana, que incluso había trabajado para la Disney.

Al principio, entre que yo estaba cortado y que ellos ya tenían el equipo formado, era el chico de los recados. Yo, previamente, me había pasado dos días sin parar dibujando bocas y más bocas con diferentes sonidos, y se los llevé esperando dejarlos boquiabiertos, y resulta que ni los miraron... Pero, mira, tuve la suerte de caerles en gracia y, de cachondearse de mí, pasaron a comportarse un poco como madres y padres todos juntos.

A principios de septiembre ya hacía algunas cosillas por mi cuenta. Las historias eran una pasada: muy ingeniosas, con argumentos redondos, mucho sentido del humor y mucha acción.

Tuve suerte en haberme sacado todo el curso en junio, porque necesitaba todas las horas del día. Me sabía mal por papá, que no sabía qué hacer en Barcelona, a pesar de salir de vez en cuando con Roser, que cada vez ponía más ojos de cordero degollado cuando estaba con él, aunque era evidente que él pasaba bastante de ella. Total, que yo o estaba en el trabajo, o en casa perfeccionando lo que aprendía en el estudio de Llamas.

–¡Necesito un Macintosh, papá! ¡No puedo seguir así! –me quejaba.

–Pues ya sabes para qué serán los primeros sueldos. O, si no, practica en el trabajo. No dirán nada porque te quedes más horas de las que tocan.

–¡Sí, hombre, y que se den cuenta de lo mal que ando de ordenador!

Papá, como gerente, ganaba bastante más que como jefe de ventas; pero no sé qué pasa con el dinero que, cuanto más tienes, más necesitas. Quiero decir que si tienes un presupuesto, te ajustas a él, y si tienes otro, también. De modo que nunca te sobra. Y un Macintosh era demasiado caro en aquellos momentos para nosotros. Claro que yo cobraba tan poco que necesitaría bastantes meses para reunir el dinero suficiente.

Por las tardes –durante todo agosto hice jornada completa, a petición mía–, cuando salía reventado pero feliz, solía dar una vuelta con Gustau. Ramírez se había ido al pueblo a pasar el verano y pensaba que, haciendo yo nocturno, nos distanciaríamos. De todos modos, para salir de copas era mejor compañía Gustau. El pobre estaba harto de oírme hablar siempre de lo mismo, pero me lo hacía pagar: conocía un bar donde puedes tocar el instrumento que quieras y me arrastraba allí para que le escuchara. Como no cantaba, al cabo de diez minutos de guitarrita, los otros clientes del bar y yo ya estábamos hartos; pero en agosto había poca clientela, y el amo del bar le dejaba a su rollo.

–¡Coño, Gustau! ¡Para ya, hombre!

–Nanai, tío, que si no tendré que tragarme más historias del paliza ese de Marc Batalla. ¡Joder, tío! ¡Si sólo hace cinco minutos que he empezado! A ver si te suena ésta...

Era un tira y afloja en broma. Sobre todo cuando teníamos algún plan con tías, él se metía conmigo y yo con él. Al final servía para disipar las brumas mentales de un exceso de trabajo.

Cuando hablábamos en serio, Gustau no disimulaba un pelo que me envidiaba por la suerte que había tenido.

–¡Si yo encontrara algo así, para televisión...! ¿Estás seguro de que no necesitan un guitarrista para la música de fondo? –me preguntaba por enésima vez.

Al empezar el curso tuve que reconocer que mi promesa de continuar los estudios sin dejar de trabajar estaba fracasando, porque el tercero de BUP lo hacía de mala gana, sin interés. Estaba seguro de que suspendería, si no todas, la mayoría de las asignaturas. Pero me daba igual. Hubiera sido distinto de haber estado haciendo la carrera de Bellas Artes, que dices, hombre, ya que la has empezado y que te dedicas profesionalmente al dibujo... Pero tener el BUP o no tenerlo era, en mi situación, completamente indiferente. Claro que aquel encargo se iba a acabar. El año de plazo que Llamas había mencionado era insuficiente y estaba claro que no acabaríamos el trabajo en el tiempo establecido, pero por lo visto eso es algo frecuente en las series de televisión. De todas formas, al concluir aquel proyecto, habría otros nuevos, o al menos eso era lo que decían todos los compañeros.

Yo me decía que si, por una cosa u otra, al acabar aquel proyecto no había ningún otro, siempre podría seguir estudiando.

Aquel curso –que es el actual, en el que estoy escribiendo todo esto– estaba totalmente desinteresado por los estudios, y si seguía yendo al instituto era por darle gusto a papá.

–Ya que lo has empezado, acábalo. Los estudios nunca están de más, al contrario. Y aún no sabes cuál va a ser tu futuro... –solía decir.

La primera evaluación fue un fracaso.

–¡No puedo hacerlo todo, papá!

–Ya te dije que no podrías.

–¡No tengo prisa, hombre! ¡No te cabrees ahora!

–No, si no me enfado. Si entiendo que estás demasiado emocionado con todo eso de los dibujos animados. Si es natural. Pero tanto como para dejar los estudios, no. Y no me vengas con que no te corre ninguna prisa, porque soy yo el que ha tenido que aguantar todas las neuras de que eras demasiado mayor y no querías ir con críos. ¿O es que ya no te acuerdas, calamidad?

Al final le prometí que el segundo trimestre me lo tomaría en serio. Y lo cumplí. De verdad: estaba bien preparado y podía recuperarlo todo.

Pero no llegué a examinarme.

XIII

Son cosas que pasan. A veces.

Uno siempre piensa que eso no puede sucederle a uno, sino a los otros. Pero a veces tú eres esos otros.

Papá.

Caminaba por la calle Borrell. Era un día de primavera radiante y caluroso e invitaba a pasear. Iba a visitar a un cliente y, como vivía cerca, pensó acercarse a pie.

Era media mañana y los plátanos del Ensanche estallaban de verdor. Debía de caminar tranquilo, pensando en el cliente. Llevaba un portafolios repleto de papeles. Se había quitado la americana y la llevaba colgando del brazo. Supongo.

Hubo una explosión de gas en uno de los pisos de la calle Borrell. Y una casa se vino abajo, justo en el momento en que pasaba papá.

La investigación determinó que una mujer mayor que vivía sola había provocado la explosión sin querer. Todo el edificio saltó por los aires.

Murió la anciana y un vecino que guardaba cama porque estaba enfermo. Y un muchacho que pasaba por la calle. Aquel muchacho estudiaba en la Escuela Industrial y dejó una alfombra de hojas de apuntes y libros revoloteando entre los escombros.

También murió papá.

Hubo siete heridos entre los inquilinos, tres de los cuales estaban graves. Sobre todo una mujer joven, de unos cuarenta años, un ama de casa, que seguramente hacía las camas o lavaba los platos tranquilamente.

Papá sólo pasaba por allí por trabajo.

Lo supe al volver a casa para el almuerzo.

Cuando empezaba a prepararlo, llamaron por teléfono. Una voz me dijo que hacía dos horas que llamaban sin parar. Que fuera en seguida al Hospital Clínico.

–Es ésta la casa de Víctor Soler, ¿no?

–Sí, sí. ¿Qué ha pasado?

–¿Es pariente suyo?

–Soy su hijo.

Se hizo el silencio.

–Vaya al Hospital Clínico. Dé su nombre en recepción.

Estaba tan atónito en el Clínico, tan aturdido, que recuerdo que me puse a reír cuando me lo dijeron. ¡Sí, hombre! Papá no.

–¡Si está en el trabajo, como siempre!

–Ya no.

Tuve que verlo. Lo que quedaba de papá. Estaba su anillo de casado en una mano extrañamente hinchada. Aquella mano me pareció muy morena y muy peluda. La cabeza no estaba. Porque «aquello» no era nada similar a una cabeza.

Todo eran carreras y gritos y nervios a mi alrededor.

También había un policía y un tío que me hacía preguntas, encabezadas siempre por un: «Lo siento, pero...».

Me había quedado sin saliva.

Todo era extraño, pero real. Ninguna esperanza de que fuera un sueño.

Un hombre lloraba a mi lado y le colgaban los mocos, que no se limpiaba, y no dejaba de decir: «No, no, no...».

Me empujaron, me hicieron firmar unos papeles. Me dijeron que lo sentían. Me preguntaron muchas cosas sobre papá.

¿Qué puede decirse del padre de uno cuando te preguntan cómo era?

No recuerdo cómo volví a casa. Recuerdo que entré con la idea fija de que tenía algo por hacer, algo que no recordaba.

«¡Ah, sí, la comida!...»

Eran las siete de la tarde. Pero me puse a hacer la comida.

Cuando estuvo preparada y servida en la mesa, me senté y reparé en el silencio de la casa.

Entonces estallé. Me volví loco. Tiraba platos, el vaso, el pan, todo lo que había sobre la mesa lo estrellé contra el suelo. Y grité.

Me senté en el suelo, en un rincón, me abracé las rodillas y lloré como si tuviera un río de pena dentro. Mucho, mucho rato. Y debí de dormirme de puro agotamiento, porque me desperté con un terrible dolor de cabeza, temblando de frío y con los músculos de las piernas entumecidos, sentado aún en aquel rincón del comedor de casa. Todo a mi alrededor eran restos de comida y de vajilla.

Ahora sí que estás solo de verdad, Joel.

También estás vivo.

¿Sabéis? Son los sanos quienes mueren. Los enfermos no morimos. Los otros se pasan la vida evitando que muramos.

¿Cuántas horas debió de pasar papá cuidando

de mí, de mi enfermedad? ¿Cuántos esfuerzos dedicó? ¿Cuánta energía derrochada en mí?

Y ahora yo estaba vivo y él muerto. ¡Sólo tenía cuarenta y tres años! No había estado enfermo ni un solo día de su vida. Al menos que yo sepa. Y ahora, una vieja que vivía sola había dejado la espita de la bombona de butano abierta y el fogón sin llama. Cuando encendió la luz, explotó. No un día cualquiera en un momento cualquiera: justo un día que papá no estaba en la empresa, que iba a visitar a un cliente y que hacía tan buen tiempo que invitaba a ir dando un paseo.

El dolor de cabeza me hizo reaccionar y fui a buscar una aspirina. Lo curioso es que nuestro cuerpo es capaz de funcionar solo cuando lo necesitamos. Porque yo no había decidido tomar una aspirina.

Luego me dediqué a limpiar. Con toda el alma, sudando a mares, fregando el suelo con lejía y enjabonando incluso las patas de la mesa. «Esta Paca –recuerdo haber pensado, empapado de sudor por el esfuerzo– no es muy pulcra. Anda que no hay suciedad en los rincones...»

No sé cuánto tiempo estuve limpiando, pero el piso brillaba como recién pintado y amueblado. Entonces me di cuenta de que tenía un hambre canina. Me comí cuatro huevos directamente de la cáscara, sobre el fregadero de la cocina.

En el entierro estaban todos los empleados de la empresa de papá. Me habían dicho, con cara de sufrimiento –no sé si real o fingido–, que me correspondía una pensión y que tenía que resignarme, que era la voluntad de Dios.

También estaba Ramírez, pálido y extrañamente circunspecto. Y Gustau, que me dijo un montón de veces: «¡Qué fuerte, tío! ¡Qué fuerte!». Y otros compañeros de curso. También algunos profesores.

Estaban Llamas y todo el equipo del estudio. Ninguno de ellos dijo nada; sólo un murmullo ininteligible. Pero estaban allí. Serios y tensos.

Estaban mis tíos, que lloraban. Y gente de la escalera. Y también Roser, con un pañuelito pegado a los ojos, encogida.

Y, sobre todo, estaba Lurdes. Me había llamado con una voz extraña, metálica, cargada de electricidad. Gritaba por teléfono:

–¡Joel, Joel! ¿Es él? ¿Es él ese Víctor Soler que sale en el periódico?

En el cementerio, Lurdes no lloró. Me tenía cogido por los hombros y debía de leerme el pensamiento, porque cada vez que yo me hundía y no podía retener más las lágrimas, ella me daba un ligero apretón, como diciendo: Aquí estoy, yo, Joel. Me tienes aquí. Yo me apoyaba en ella y pensé que era mi madre. Mi verdadera madre. Y que me la enviaba ella, desde donde fuera que se hallara, para que no estuviera solo. Que Lurdes era mamá, ya ves qué tonterías. Me hubiese gustado ser un niño y que ella me meciera en sus brazos.

Cuando todo aquel horrible ceremonial hubo concluido, Lurdes vino conmigo a casa. Se sentó delante de mí y esperó a que yo hablara.

–¿Qué puedo hacer ahora, Lurdes? –dije con una voz casi inaudible.

–Tienes una casa. Tienes un trabajo. Y tienes un montón de buenos recuerdos. Mucho más que la inmensa mayoría de las personas.

–¡Es tan injusto! ¡Tan injusto! ¡Y le debo tanto! ¡Hizo tanto por mí!

Lurdes se inclinó hacia delante desde la silla, me cogió la cara entre sus manos y me obligó a mirarla. Su voz sonó dulce y enérgica a la vez cuando dijo:

–¿Que le debes tanto? ¡Tu no le debes absolutamente nada, Joel! ¿Me oyes? Nada de nada. Él hizo lo que debía hacer. Tener un hijo enfermo y cuidarlo. Eso es todo. Era lo que debía hacer. No era una cuenta que te pasaba para que la saldaras. Tú se lo pagarás con tus hijos, más adelante. Funciona así: no hay deudas. ¿Lo entiendes? Un hombre y una mujer tienen un hijo, a veces porque quieren, a veces porque simplemente ocurre. Tanto en uno como en otro caso, automáticamente adquieren una responsabilidad. Y cuando lo quieren, se exceden en esta responsabilidad, como tu padre contigo. Pero es *su* responsabilidad. Los hijos no están en deuda. Es la ley de la especie, ¿sabes? Lo devolverán a su vez en otras criaturas. Tienes que comprenderlo. Exactamente como yo te lo digo. Porque, si no, no podrás vivir sintiéndote en deuda toda la vida, una deuda que nunca podrías saldar, tanto si estuviera vivo como ahora que está muerto.

No sé cuánto tiempo estuvimos allí, en casa. Yo escuchando y ella hablando. Y haciendo planes. Porque yo estaba vivo y no se puede uno apear de la vida.

–Pero, eso sí; recuérdalo a menudo, Joel. Yo creo que es eso lo que significa la inmortalidad: que alguien te recuerde.

Había oscurecido cuando Lurdes se levantó y me preguntó si quería que se quedara unos días conmigo. O que viniera por las tardes, como cuando estaba enfermo.

Me gustaba la idea.

¡Me aterrorizaba vivir solo! Y no sólo la soledad, sino todo lo que significaba: tener que planear mi vida solo; no apoyarme en nadie.

Estuve tentado de aceptar. ¡Sería tan bueno tener a Lurdes, que siempre sabía qué decirme y cómo hacerlo!

Vamos, Joel, ¿es que no has aprendido nada de ella? ¿Ni de Marta? ¿Ni de papá? ¿Es que quieres ser un niño siempre?

–Gracias, Lurdes. Pero tengo que salir adelante yo solo.

Asintió, me revolvió el pelo y empezó a recoger sus cosas para marcharse.

–Llámame siempre que quieras. Sabes que yo no te fallaré.

Y se marchó.

Cuando oí la puerta me asaltó el pánico. «¡Ve a buscarla! ¡No sabes nada de nada! ¡Hay que hacer papeles y no sabes cuáles! ¡Tienes que familiarizarte con todas las cuentas bancarias, con las facturas, con todo!

»¡Eres un estúpido, Joel!

»Tienes dieciocho años. Tienes una casa. Tienes un trabajo. Y tienes un montón de buenos recuerdos. ¿Qué más quieres, desgraciado?»

Este verano, cuando se cumplen cuatro meses de la muerte de papá, tengo ya la vida organizada. Me han subido el sueldo en el estudio. Y me va de fábula. Dicen que habrá una campaña de publicidad de la serie y quieren que la diseñemos nosotros.

Y se habla de otro encargo, también para televisión, de una campaña contra el tabaco.

No me he vuelto misántropo por el hecho de vivir solo y por mi cuenta. Al contrario: salgo; no mucho, pero salgo. Estoy al día en cuestión de pagos y me alimento como Dios manda. El doctor Delgado me hace una visita rutinaria cada tres meses y siempre se muestra satisfecho de mí.

–¡Es como si te hubiese parido yo, Joel! –exclama, feliz de verme tan sano. Y con una musculatura que no es nada del otro jueves, pero normal. Y un color de piel pasable. Sin un atisbo de haber estado enfermo.

–¿Qué tiene? ¿Complejo de doctor Frankenstein?

De vez en cuando, Lurdes y yo almorzamos juntos. Hay un pequeño restaurante bastante cerca de su peluquería. Un autobús me deja justo enfrente. Hoy hemos almorzado en ese restaurante, porque ella se despedía por vacaciones. No ha ampliado el negocio, porque dice que se estaba volviendo codiciosa, pero se ha comprado una caravana, modesta pero resultona. Y se va, por fin, a Bélgica. Ha insistido en que la acompañe.

–No seas burra; este viaje tienes que hacerlo tú sola.

–Vale, desagradecido. Pero no pienso traerte nada.

Luego me ha acompañado a casa, porque le daba pereza volver al trabajo. Estaba de muy buen humor y se le notaba la ilusión que le hacía el viaje.

Después, he subido a casa y he empezado a desplegar papeles que me he traído del estudio. Tengo una idea que creo que funcionará: vi una película antigua en la tele, *Sed de mal*, de Orson Wells.

Hay un plano en picado en que la cámara sigue a un coche, que es una auténtica maravilla. Me gustaría proponerlo para la serie, pero es muy difícil. Antes de proponerlo, tengo que tenerlo muy claro, y llevo días haciendo esbozos a ver si doy con la manera de conseguirlo.

A media tarde tengo los músculos entumecidos. Me estiro y miro la hora. Tendré que dejarlo por hoy.

Y de pronto he sentido un pellizco en el corazón. No un pellizco físico. De otro tipo. Y como si tuviera un nudo en la boca del estómago. Me falta algo, un no sé qué, algo esencial que no identifico. Es más fuerte que cuando te das cuenta de que tienes sed o hambre.

Es algo que pertenece a los pliegues más íntimos del alma.

Marta.

La llamo. Quizá ya esté de vacaciones. O quizá no esté en casa.

Me contesta ella misma.

No sé qué decirle, y oigo mis propias palabras con extrañeza.

–Marta, soy yo. Te necesito.

La oigo suspirar al otro lado del aparato. Es un suspiro de alguien que ha estado esperando algo mucho tiempo.

–Joel... No quise estar presente. Cuando lo de tu padre. Me costó mucho no correr a tu lado. Pero era una forma de chantaje.

–Lo entiendo. Lo entiendo muy bien.

–Quiero que sepas que lo apreciaba. Mucho. Y no por ser tu padre, sino por él mismo.

–Marta, esto que estoy haciendo no está bien. Te estoy utilizando. Me siento solo y te necesito. Y no sé si tú me necesitas a mí. Te estoy utilizando... –he repetido.

Ha habido un breve silencio en la línea. Casi la he visto sonreír cuando ha respondido:

–Utilízame, Joel. Utilízame.

Título de la edición original: *Joel*
Traducción del catalán: Silvia Senz,
cedida por Alba Editorial, S.L.
Diseño: Winfried Bährle
Foto de la cubierta: Fototeca Stone

Círculo de Lectores, S.A. (Sociedad Unipersonal)
Valencia, 344, 08009 Barcelona
1 3 5 7 9 8 9 0 2 8 6 4 2

Licencia editorial para Círculo de Lectores
por cortesía de Alba Editorial, S.L.

Depósito legal: B. 49975-1997
Fotocomposición: Fort, S.A., Barcelona
Impresión y encuadernación: Novoprint, S.A.
N. II, km 593. Sant Andreu de la Barca
Barcelona, 1998. Impreso en España
ISBN 84-226-6847-5
N.° 21188